George Lovett Bennett

Second Latin Reading Book

Forming a Continuation of Easy Latin Stories for Beginners

George Lovett Bennett

Second Latin Reading Book
Forming a Continuation of Easy Latin Stories for Beginners

ISBN/EAN: 9783337389321

Printed in Europe, USA, Canada, Australia, Japan

Cover: Foto ©Andreas Hilbeck / pixelio.de

More available books at **www.hansebooks.com**

SECOND LATIN READING BOOK

FORMING A CONTINUATION OF

EASY LATIN STORIES FOR
BEGINNERS

BY

GEORGE L. BENNETT, M.A.

HEADMASTER OF THE HIGH SCHOOL, PLYMOUTH,
AUTHOR OF "EASY LATIN STORIES," "FIRST LATIN WRITER," ETC.

PREFACE

THE favour which my EASY LATIN STORIES have met
with has induced me to publish another easy Reader.
Some passages from classical writers appear in Part I.
Part III. is an adaptation from Quintus Curtius. The
Notes will enable young boys to dispense with the use of
a Classical Dictionary, and I hope the book may also be
useful in giving a slight sketch of the leading events of
Roman and Grecian History.

GEORGE L. BENNETT.

HIGH SCHOOL, PLYMOUTH,
August 1882.

CONTENTS.

PART I.

PART II.

CONTENTS.

CONTENTS.

PART III.

CONTENTS.

SECOND LATIN READING BOOK

PART I.

HISTORY OF ROME
TO THE ESTABLISHMENT OF THE
EMPIRE.

The Early Inhabitants of Italy.

1.—Ante Romam conditam magna ea planities, quae Alpibus
et Apenninis montibus continetur, Gallia vocabatur.   Huius
regionis incolas, ferocissimum genus, Itali valde timebant.   Infra
Gallos regionem obtinebant Etrusci ; infra hos Itali, e quibus
Latini ceteris Italiae gentibus virtute praestabant.   Verisimile
autem videtur Latinos coloniam ad ripas Tiberis posuisse eo
consilio ne Etrusci impune trans amnem transvecti incursiones
in se facerent.   Neque tamen hoc ab antiquis scriptoribus
traditur.   Quae ante conditam urbem poeticis magis decora
fabulis quam incorruptis rerum gestarum monumentis traduntur,
ea nec affirmare nec refellere in animo est.   Datur haec venia
antiquitati ut miscendo humana divinis primordia urbium
augustiora faciat.   Quae memoriae produntur haec fere sunt.

Romulus, the first King.

2.—Romanum imperium a Romulo exordium habet, qui Reae
Silviae, Vestalis virginis filius et Martis, cum Remo fratre uno

A

partu editus est.   Is cum inter pastores latrocinaretur, duodeviginti annos natus urbem exiguam in Palatino monte constituit
anno ante Christum natum septingentesimo quinquagesimo
tertio.   Condita civitate, quam ex nomine suo Romam vocavit,
haec fere egit.   Cum multos e finitimis in civitatem recepisset,
centum ex senioribus legit, quos senatores nominavit propter
senectutem, quorum consilio omnia ageret.   Inde, cum uxores
ipse et populus non haberent, invitatis ad spectaculum ludorum
Sabinis, virgines rapuit.   Qua iniuria commotis finitimis, Caeninenses vicit, Crustuminos, Fidenates, Veientes.   Postea cum
orta subito tempestate non comparuisset ad deos transisse regem
aiebant optimates, quos Romulum trucidasse satis constat.
Deinde Romae per quinos dies senatores imperaverunt, quibus
regnantibus annus unus completus est.

Numa Pompilius.

3.—Postea Numa Pompilius rex creatus est, qui bellum quidem
nullum gessit, sed non minus civitati quam Romulus profuit.
Nam et leges Romanis moresque constituit, qui propter crebras
in finitimos incursiones latrones putabantur, et annum descripsit,
in decem menses prius incerto dierum numero confusum.
Quibus rebus gestis, cum et infinita Romae sacra ac templa
constituisset, morbo decessit, magno cum dolore civium qui per
tot annos pace fruiti sunt.

Tullus Hostilius.

4.—Huic successit Tullus Hostilius, qui Albanos Veientes
Fidenates bello superavit, Albanisque Romam transportatis
urbem ampliavit adiecto Coelio monte.   Cum triginta duos annos
regnasset, fulmine ictus cum domo sua arsit.

5.—Quo autem modo Romani Albanos superaverint paucis
referre libet. Forte in duobus tum exercitibus erant trigemini
fratres, nec aetate nec viribus dispares. Horatios Curiatiosque
fuisse satis constat; nec ferme res antiqua alia est nobilior.
Cum trigeminis agunt reges ut pro sua quisque patria dimicent
ferro. Nihil recusatur : tempus et locus convenit. Prius quam
dimi carent, foedus ictum inter Romanos et Albanos est his legibus,
ut, cuius populi cives eo certamine vicissent, is alteri populo
cum bona pace imperitaret. Datur signum : infestisque armis,
velut acies, terni iuvenes, magnorum exercituum animos gerentes,
concurrunt. Consertis manibus, duo Romani super alium alius,
vulneratis tribus Albanis, exspirantes corruerunt. Ad quorum
casum cum conclamasset gaudio Albanus exercitus, Romanas
legiones iam spes tota, nondum tamen cura deseruerat, exanimes
vice unius quem tres Curiatii circumsteterant. Forte is integer
fuit, ut universis solus nequaquam par, sic adversus singulos
ferox. Ergo ut segregaret pugnam eorum capessit fugam. Iam
aliquantum spatii ex eo loco, ubi pugnatum est, aufugerat, cum
respiciens videt magnis intervallis sequentes : unum haud procul
ab sese abesse. In eum magno impetu rediit. Et dum Albanus
exercitus inclamat Curiatiis uti opem ferant fratri, iam Horatius,
caeso hoste victor, secundam pugnam petebat. Iam clamore
Romani adiuvant militem suum : et ille defungi proelio festinat.
Prius itaque quam alter, qui nec procul aberat, consequi posset,
et alterum Curiatium conficit. Iamque singuli supererant : sed
nec spe nec viribus pares. Nec illud proelium fuit. Romanus
hostem obtruncat, iacentem spoliat.

The Destruction of Alba.

6.—Neque diu pax Albana mansit : nam Albani imperium
Romanorum aegre ferentes occasionem nocendi iis studiose

quaerebant. Itaque Fuffetius, dux Albanorum, Veientes adversus
Romanos concitavit. Deinde conserto proelio cum a Tullo in
auxilium arcessitus esset, suos in collem vicinum subduxit, ut
eventu proelii perspecto victori auxiliaretur. Quod ubi animadvertit Tullus clara voce exclamavit ideo in collem suos sub-
duxisse Fuffetium quo facilius hostes a tergo circumvenirentur.
Quibus dictis confirmati Romani hostes fugaverunt. Postero die
Fuffetius cum ad regem gratulandi caussa venisset iussu illius
comprehensus est. Tum quadrigis religatum in diversa equi
distraxerunt. Quo facto rex perfidiae Albanorum minime ignarus
Albam dirui iussit, cives Romam transportandos curavit.

Ancus Martius.

7.—Post hunc Ancus Martius, Numae ex filia nepos, suscepit imperium. Contra Latinos dimicavit, Aventinum montem
civitati adiecit et Ianiculum, apud ostium Tiberis civitatem
condidit.

Tarquinius Priscus.

8.—Deinde regnum Priscus Tarquinius accepit. Hic numerum
senatorum duplicavit, circum Romae aedificavit, ludos Romanos
instituit. Idem victis Sabinis non parum agrorum Romanis
finibus adiecit, primusque triumphans urbem intravit. Muros
etiam fecit et cloacas. Trigesimo octavo imperii anno ab Anci
filiis occisus est, regis eius, cui ipse successerat.

Servius Tullius.

9.—Post hunc Servius Tullius suscepit imperium, genitus ex
nobili femina, captiva tamen et ancilla. Hic quoque Sabinos
subegit, montes tres, Quirinalem Viminalem Esquilinum, urbi

adiunxit, fossas circa murum duxit. Primus omnium censum
instituit, qui adhuc per orbem terrarum incognitus erat. Eo
regnante Roma omnibus in censum delatis habuit capitum
octoginta tria milia civium Romanorum cum iis qui in agris
erant. Tandem occisus est scelere generi sui Tarquinii, filii
eius regis cui ipse successerat, et filiae quam Tarquinius in
matrimonium duxerat.

Tarquinius Superbus.

10.—Lucius Tarquinius Superbus, septimus atque ultimus
regum, dum oppidum Ardeam obsidet, imperium perdidit.
Nam cum filius eius, cui Sexto nomen erat, nobilissimae feminae
Lucretiae, uxori Collatini, iniuriam intulisset, ea de iniuria
marito et patri questa in omnium conspectu se occidit. Propter
quam caussam Brutus, parens et ipse Tarquinii, concitatis
civibus Tarquinio imperium ademit. Mox exercitus quoque
eum, qui oppidum Ardeam obsidebat, reliquit. Inde rex cum
ad urbem rediisset, portis clausis exclusus exsulatum abiit.

The First Consuls.

11.—Hinc consules coepti sunt pro uno rege duo creari, ut, si
alter malus esse voluisset, alter eum coercere posset cum similem
potestatem haberet. Placuit etiam ne imperium longius quam
annuum haberent, ne per diuturnitatem potestatis insolentiores
redderentur, sed ut civiles semper essent, qui se post annum scirent
futuros esse privatos. Fuerunt igitur anno primo post exactos
reges consules L. Iunius Brutus, qui maxime egerat ut Tarquinius
pelleretur, et Tarquinius Collatinus, maritus Lucretiae. Sed Tarquinio Collatino statim sublata est dignitas; placuerat enim ne
quisquam in urbe maneret qui Tarquinius vocaretur. Itaque cum
ex urbe migrasset loco eius Valerius Publicola consul factus est.

The Tarquinii attempt to return.

12.—Commovit tamen bellum contra Romanos rex Tarquinius, et magnis copiis conscriptis, ut in regnum posset restitui, dimicavit.   In prima pugna Brutus consul et Aruns Tarquinii filius invicem se occiderunt, victoria autem penes Romanos stetit. Brutum Romanae matronae quasi communem patrem per annum totum luxerunt.   Ineunte autem vere Tarquinius iterum Romanis bellum intulit, auxilium ei ferente Porsena Tuscorum rege, cuius ope non multum abfuit quin urbs caperetur.   Tertio autem anno Tarquinius, cum urbe potiri nequiret neque ei Porsena, qui pacem cum Romanis fecerat, auxilium praestaret, Tusculum se contulit atque ibidem tandem mortuus est.

Horatius Cocles defends the Bridge.

13.—Lars Porsena, Tuscorum rex, ut supra demonstratum est, fines Romanorum cum magno exercitu ingressus est, ut Tarquinium in regnum restitueret.   Cum hostes adessent, Romani in urbem ex agris demigrant; urbem ipsam saepiunt praesidiis; alia muris, alia Tiberi obiecto videbantur tuta.   Pons Sublicius iter paene hostibus dedit.   Tum Horatius, cui nomen Cocliti fuit ob alterum oculum amissum, suos monuit ut pontem interrumperent : se impetum hostium excepturum.   Vadit inde in primum aditum pontis.   Duos tamen cum eo pudor tenuit Sp. Lartium ac T. Herminium, ambos claros genere factisque.   Cum his primam periculi procellam parumper sustinuit : deinde eos quoque ipsos, exigua parte pontis relicta, revocantibus qui rescindebant, cedere in tutum coegit.

He holds it till it is cut and then escapes.

14.—Circumferens inde truces minaciter oculos ad proceres Etruscorum, nunc singulos provocare, nunc increpare omnes, servitia regum superborum, suae libertatis immemores, alienam oppugnatum venire. Cunctati aliquamdiu sunt; pudor deinde commovit aciem, et, clamore sublato, undique in unum hostem tela coniiciunt. Quae cum in obiecto cuncta scuto haesissent, neque ille minus obstinatus ingenti pontem obtineret gradu, iam impetu conabantur detrudere virum: cum simul fragor rupti pontis, simul clamor Romanorum, alacritate perfecti operis sublatus, pavore subito impetum sustinuit. Tunc Cocles, Tiberine pater, inquit, te, sancte, precor, haec arma et hunc militem propitio flumine accipias. Ita sic armatus in Tiberim desiluit: multisque superincidentibus telis incolumis ad suos tranavit.

Claelia.

15.—Porsenam narrant Claeliam virginem nobili gente ortam inter obsides accepisse. Cum eius castra haud procul ripa Tiberis locata essent, Claeliam deceptis custodibus noctu egressam equum arripuisse et Tiberim nando traiecisse. Quibus nuntiatis regem incensum ira Romam legatos misisse ad obsidem reposcendam : Romanos eam ex foedere restituisse. Tum Porsenam Claeliae virtutem admiratum eam laudavisse, ac parte obsidum donare se dixisse: proinde ipsa quos vellet, legeret. Productis obsidibus Claeliam virgines elegisse et cum iis Romam rediisse. Romanos novam in femina virtutem novo genere honoris donasse, statua equestri, virgine scilicet insidente equo in summa via sacra posita.

The Battle of the Lake Regillus.

16.—Sed operae est accuratius narrare quanta virtute Romani pro republica ad lacum Regillum dimicaverint. A. Postumius dictator, T. Aebutius magister equitum, magnis copiis peditum

equitumque profecti ad lacum Regillum in agro Tusculano
agmini hostium occurrerunt: et quia Tarquinios esse in exercitu
Latinorum auditum est, sustineri ira non potuit quin extemplo
confligerent.   Ergo etiam proelium aliquanto quam cetera
gravius atque atrocius fuit.   Non enim duces ad regendam modo
consilio rem affuere, sed, suismet ipsis corporibus dimicantes,
miscuere certamina: nec quisquam procerum ferme hac aut illa
ex acie sine vuluere praeter dictatorem Romanum excessit.   In
Postumium, prima in acie suos adhortantem instruentemque,
Tarquinius Superbus, quanquam iam aetate et viribus erat
gravior, equum infestus admisit: ictusque ab latere, concursu
suorum receptus in tutum est.

The gallant Death of a Roman Soldier.

17.—Et ad alterum cornu Aebutius magister equitum in Octavium Mamilium impetum dederat.   Nec fefellit veniens Tuscu-
lanum ducem: contra quem et ille concitat equum: tantaque vis
infestis venientium hastis fuit, ut brachium Aebutio traiectum
sit, Mamilio pectus percussum.   Hunc quidem in secundam aciem
Latini recepere: Aebutius, cum saucio brachio tenere telum non
posset, pugna excessit.   Latinus dux nihil deterritus vulnere
proelium ciet; et, quia suos perculsos videbat, arcessit cohortem
exsulum Romanorum, cui L. Tarquinii filius praeerat.   Ea, quod
maiore pugnabat vi ob erepta bona patriamque ademptam,
pugnam parumper restituit.   Referentibus iam pedem ab ea
parte Romanis, M. Valerius conspicatus ferocem iuvenem Tarquinium ostentantem se in prima exsulum acie, subdit calcaria
equo, et Tarquinium infesto spiculo petit.   Tarquinius retro in
agmen suorum infenso cessit hosti.   Valerium, temere invectum
in exsulum aciem, ex transverso quidam adortus transfigit: nec
quicquam equitis vulnere equo retardato, moribundus Romanus,
labentibus super corpus armis, ad terram defluxit.

The Rival Leaders.

18.—Dictator Postumius, postquam cecidisse talem virum,
exsules ferociter citato agmine invehi, suos perculsos cedere
animadvertit ; cohorti suae dat signum, ut quem suorum fugientem viderint, pro hoste habeant.   Ita metu ancipiti versi a fuga
Romani in hostem, et restituta acies.   Cohors dictatoris tum
primum proelium iniit : integris corporibus animisque fessos
adorti exsules caedunt.   Ibi alia inter proceres coorta pugna.
Imperator Latinus, ubi cohortem exsulum a dictatore Romano
prope circumventam vidit, ex subsidiariis manipulos aliquot in
primam aciem secum rapit.   Hos agmine venientes T. Herminius
legatus conspicatus, interque eos insignem veste armisque Mamilium noscitans, tanta vi cum hostium duce proelium iniit ut et
uno ictu occiderit Mamilium, et ipse inter spoliandum corpus
hostis veruto percussus, cum victor in castra esset relatus,
exspiraverit.

Defeat of the Enemy.

19.—Tum ad equites dictator advolat, obtestans ut, fesso iam
pedite, descendant ex equis et pugnam capessant.   Dicto paruere :
desiliunt ex equis.   Recipit extemplo animum pedestris acies,
postquam iuventutis proceres aequato genere pugnae secum
partem periculi sustinentes vidit.   Tum demum impulsi Latini,
perculsaque inclinavit acies.   Equiti admoti equi, ut persequi
hostem posset : secuta et pedestris acies.   Ibi nihil nec divinae
nec humanae opis dictator praetermittens aedem Castori vovisse
fertur : ac pronuntiasse militi praemia, qui primus, qui secundus,
castra hostium intrasset : tantusque ardor fuit, ut eodem impetu,
quo fuderant hostem, Romani castra caperent.   Hoc modo ad
lacum Regillum pugnatum est.   Narrant etiam veteres Castorem
cum fratre opem Romanis tulisse et inter principes pugnam
civisse.

The Early Days of the Republic.

20.—Iam supra demonstravimus consules creatos esse post exactos reges : hi patribus praeerant et exercitus adversus hostes ducebant. Maior inde patrum auctoritas haberi coepta, cum magistratum annuum obirent consules, ipsi vero quotannis in curiam deliberandi caussa adirent. Neque plebes diutius sperni poterat, quae per centurias, pro ut armatus erat quisque, comitia frequentabat, magistratusque creabat. Consules plerumque quotannis creabantur : sed maiore aliquo periculo orto, dictator civitati praeficiebatur, qui summo imperio uteretur. Neque autem fieri potuit quin clade afficeretur iam nascens respublica post tantam rerum commutationem. Vastari primo ab hostibus Romanorum fines; inde opprimi plebes aere alieno. Intercedebant etiam plebi cum patribus simultates, cum patres infortunia plebeiorum in sua commoda vertere constaret.

The Fabii undertake the War against Veii.

21.—Veientes fines Romanorum populabantur. Tum Fabia gens senatum adit. Consul pro gente loquitur : Assiduo magis quam magno praesidio, ut scitis, patres conscripti, bellum Veiens eget. Vos alia bella curate. Fabios hostes Veientibus date. Gratiae ingentes actae. Consul e curia egressus, comitante Fabiorum agmine, qui in vestibulo curiae, senatus consultum exspectantes steterant, domum redit. Iussi armati postero die ad limen consulis adesse, domos inde discedunt. Manat tota urbe rumor. Fabios ad coelum laudibus ferunt. Fabii postero die arma capiunt; quo iussi erant conveniunt. Consul paludatus egrediens, in vestibulo gentem omnem suam instructo agmine videt : acceptus in medium, signa ferri iubet. Nunquam exercitus neque minor numero, neque clarior fama et admiratione hominum per urbem incessit.

22.—Inde a Fabiis adversus Veientes pugnatum. Nec erant incursiones modo in agros, sed aliquoties collatis signis certatum, gensque una populi Romani saepe ex opulentissima Etrusca civitate victoriam tulit. Iamque Fabii adeo contempserant hostem, ut sua invicta arma neque loco neque tempore ullo crederent sustineri posse. Itaque accidit ut Fabios incautius provectos et in insidias delatos magnae hostium copiae circumvenirent. Diu summa virtute resistitur. Ad extremum Fabii a multitudine oppressi interfecti sunt. Trecentos sex periisse satis constat, unum relictum puerum. Is postea cum Romano exercitui praeesset, magno periculo cives liberavit.

The Tribunes.

23.—Quae cum ita essent, plebes anno post exactos reges sexto decimo cum se magno in aere alieno esse viderent, patres simul miseriarum suarum auctores existimarent, ubi ex urbe excessere in monte Sacro castra posuerunt. Aiebant etiam se ibidem plebeiam urbem condituros : patribus licere ut Romae habitarent. Patres autem valde commoti virum quendam sapientem, cui nomen Menenio Agrippae erat, qui plebi suaderet uti in urbem redirent, miserunt. Is in castra intromissus ita verba fecit : Olim artus coniuratione inita cum ventrem otiosum viderent negarunt se sua officia praestaturos : proinde venter sua negotia ageret. Sed dum ventrem domare conantur ipsi defecerunt. Qua fabula flexis hominum mentibus in urbem redierunt, ea condicione ut tribuni crearentur qui libertatem suam adversus patrum iniurias incolumem praestarent.

The First Agrarian Law.

24.—Erat inter patres vir quidam consularis cui nomen Spurio Cassio erat. Eum plebis aere alieno ad extremum

redactae miseruit. Itaque legem tulit ut ager publicus pauperibus divideretur. Sed cum agrum publicum obtinerent patres
vehementer ei resistitur. Itaque odio infensi patres eum
accusaverunt quod eo consilio plebi studere conaretur ut rex
ipse fieret. Fit tumultus: in forum concurritur: vita extemplo
Cassio erepta est. Qua lege quamvis parum subventum esset
plebi, utile exemplum fuit; nam postea et aliae leges agrariae
latae quae agrum publicum plebi dividerent.

The Power of the Tribunes.

25.—Cum tantae patribus cum plebe intercederent simultates,
neque adhuc inopiae civium subventum esset, maiore in dies
auctoritate tribuni fiebant. Plebei enim tributim convocati
auctoribus tribunis de suis iniuriis, frustra repugnantibus patribus, querebantur. Neque tamen adhuc in suis comitiis leges
iubere poterant, sed si quis e plebe latam in comitiis centuriatis,
ubi plurimum poterant patres, legem violasset, eum tribuni tuebantur ne qua ei a patribus vis inferretur. Qua ex re apparebit
duos in una civitate populos exstitisse. Postea vero, diminuta
patrum auctoritate, summa potestas penes cives in comitia tributa
convocatos fuit.

The Decemvirs.

26.—Cum ita se res haberent eo miseriae perventum est ut
plebei pro consulibus tribunisque decemviros flagitarent, qui
recensione veterum legum facta, novas insuper adiicerent, omnes
in tabulis scriptas in publico proponerent. Ita modo tutos fore
cives, si constitisset cui legi a quoque parendum esset. Ecquem
non paenitere discordiae tot annos in republica flagrantis? His
frustra patres adversantur: plebs tandem impetravit ut decemviri
crearentur. Tunc promulgatae sunt leges magno cum gaudio

civium. Erat autem inter decemviros Appius Claudius quidam, vir alieni appetens sui profusus, idem propter superbam indolem minime civibus gratus. Qui cum in servitutem Virginiam Virginii e plebe cuiusdam filiam rapere vellet, pater filiam cultro interfecit. Tum cives ira permoti decemviros se magistratu abdicare coegerunt, consules tribunosque restituerunt.

The Great Reform.

27.—Caius Licinius Stolo, Lucius Sextius, tribuni plebis rogationes tandem tulerunt ut pauperibus aere alieno oppressis nummi ex aerario erogarentur, pars agri publici iisdem divideretur, consulum alter e plebe crearetur. Quibus rogationibus cum patres adversarentur, Licinio Sextoque quotannis prorogata est tribunicia potestas. Qui cum iure intercessionis usi impedirent ne consules crearentur, plebeiosque tutarentur ne quis ob violatam legem capitis damnaretur, patres tandem cedere coacti sunt. Itaque anno urbis conditae trecentesimo octogesimo septimo consul plebeius designatus est. Quibus rebus gestis victoria penes plebeios stetit, cum alter e consulibus plebeius esset, tribuni etiam plebem defenderent, neque ullus magistratus patrum tutandorum negotium haberet.

The Story of Coriolanus.

28.—Quibus odiis domi flagrantibus, non semel adversus hostes pugnandum erat. Erat Caius quidam Marcius gente patricia oriundus qui a captis Coriolis, oppido Volscorum, Coriolanus dictus est. Consul postea factus, cum magna Romae inopia esset, patresque advectum e Sicilia frumentum populo constituissent vendere, vendi debere negavit. Proinde plebs agros, non seditiones coleret. Quod ubi cognitum tribunis, diem C. Marcio dicunt. Is autem fore ut damnaretur ratus ad Volscos

confugit. Postea a Volscis imperator factus, cum fines Romanorum populatus esset, haud procul ab urbe castra posuit. Cives
metu perculsi oratores ad eum de pace miserunt. Qui cum re
infecta rediissent, sacerdotes quoque frustra pacem petiere. Tum
Veturia eius mater et Volumnia uxor cum liberis castra hostium
adiere. Quarum precibus victus Coriolanus exercitum abduxit
neque ita multo post a Volscis interfectus est.

The Story of Cincinnatus.

29.—Aequi consulem Romanum cum exercitu in valle angusta
circumsedebant. Quod ubi Romae nuntiatum est, tantus terror
civibus iniectus est ut T. Quinctius Cincinnatus omnium consensu
dictator dictus sit. Missi igitur legati qui opem eius poscerent.
Nudum eum arantem invenerunt. Auditis legatorum precibus
Quinctius togam afferre uxorem iussit, ut togatus obsequium erga
senatum significaret. Tum legati, quanto in discrimine res sit,
periculumque exercitus docent, inde dictatorem consalutant.
Copiis quam celerrime conscriptis prima luce profectus, fusis
hostibus fugatisque exercitum liberavit. Quibus rebus gestis
urbem triumphans ingressus est, neque tamen imperio diutius
potiri voluit, sed ad agrum cum dictatura se abdicasset privatus
rediit.

Camillus saves Rome from the Gauls.

30.—Anno urbis conditae trecentesimo quadragesimo nono
cum Veientes Romanis bellum indixissent, dictator contra eos
missus est Furius Camillus. Varie ad Veios pugnatum est.
Tandem post obsidionem diuturnam Veii urbs antiquissima atque
ditissima in deditionem venit, neque ita multo post Faleriis
potitus est Camillus. Inde coorta invidia et accusantibus inimicis
quod praedam male divisisset, ob eam caussam damnatus exsulatum abiit. Statim Galli Senones ad urbem venerunt et devictos

Romanos apud flumen Alliam secuti urbem occuparunt. Neque defendi quidquam praeter Capitolium potuit, cui cum diu obsessum esset et iam Romani fame laborarent, a Camillo subventum est. Fusis hostibus fugatisque dux triumphans urbem ingressus est.

The Stories of Manlius Torquatus and Valerius Corvus.

31.—Undetriginta post annis T. Quinctius dictator adversus Gallos, qui in Italiam rursus venerant, cum exercitu missus est. Hi non procul ab urbe trans Anienem fluvium castra posuerant. Ibi tum nobilissimus de senatoribus iuvenis T. Manlius Gallum quendam immani corporis magnitudine ad singulare certamen provocantem occidit. Narrant etiam auctores Manlium hosti torquem aureum abreptum collo suo imposuisse et inde Torquati cognomen et sibi et posteris in perpetuum accepisse. Gallis cum pavorem iniecisset virtus Manlii suosque concitasset, fit hostium fuga, qui non ita multo post in acie a dictatore victi sunt. Ne tum quidem finis bellandi fuit. Et alius e Gallis unum ex Romanis provocavit. Tum se M.. Valerius tribunus militum obtulit, et cum processisset armatus, corvus ei in scuto sedit. Mox commissa pugna cum idem corvus alis et unguibus Galli oculos verberavisset a tribuno Valerio interfectus non solum victoriam ei sed etiam nomen dedit.

The Latin War.

32.—Latini autem metu Gallorum sublato cum Romanis diutius parere nollent, legatos Romam miserunt ut eadem ipsi iura quae Romani haberent. Neque recusare sese quin Roma urbium Latinarum caput esset ; duplicari tamen senatum, creari insuper quotannis duos consules Latinos debere. Quas conditiones spernentibus Romanis, Latinum illud bellum coortum est ut disceptaretur utrum Romanus Latino an Latinus Romano imperitaret. Diu ancipiti Marte certatum est. Narrant auctores cum utrique consuli somnio obvenisset, eum populum victorem fore cuius dux in proelio cecidisset, convenisse inter eos ut is cuius cornu in acie laboraret, Diis se Manibus devoveret. Inclinante sua parte Decium, cum se et hostes Diis Manibus devovisset, armatum in equum insiluisse et in medios hostes advectum telis obrutum corruisse. Constat sane Latinos fusos fugatosque esse.

Roman Discipline.

33.—Bello Latino consul T. Manlius cum milites parum dicto audientes animadvertisset, ut licentiae eorum finem imponeret, edixit ne quis iniussu pugnaret. Forte accidit ut filium consulis prope stationem hostium in equo advectum Latinus quidam lacesseret, ad pugnam provocando his verbis usus : Visne congredi mecum ut ab omnibus cernatur quanto Latinus Romano antecellat? Tum ferox iuvenis ira permotus Latinum conficit gladio, spolia in castra ad patrem portat. Consul milites classico convocat, quoque modo filius sua iussa neglexerit, docet. Tum ad filium conversus, Disciplinam, inquit, tua poena restitues. I, lictor, deliga ad palum. Tum iuveni cervix securi percussa est, flentibus omnibus qui circumstabant et in lamenta erumpentibus.

The Latins in Subjection.

34.—Devictis, ut supra demonstravimus, Latinis, urbibusque in potestatem victorum redactis, unicuique earum nonnihil largiendo, Romani effecerunt ut Latini magnum erga se obsequium adhiberent maiore ipsorum quam sui ratione habita. Neque praeteritorum beneficiorum obliti, cum toties pro se dimicassent Latini, summa in eos humanitate usi tantum cavebant ne qua seditio in posterum iniretur. Et Latini minime ignari sibi, si in officio permansissent, civitatem aliquando datum iri, seditionibus prorsus destiterunt. Qua re valde stabilita est respublica, multis neque iis invalidis civitatibus Romanorum ditioni parentibus, magna simul addita clementiae opinione qua nihil efficacius potest esse ad mentes hominum confirmandas.

Wars with the Samnites.

35.—Iam Romani potentes esse coeperunt, procul enim ab urbe pugnari coeptum est, cum per tot annos apud urbem ancipiti bello certatum esset. Indicto Sabinis bello L. Papirius Cursor in hostium fines profectus est. Qui cum Romam rediisset, Q. Fabio Maximo, magistro equitum, quem apud exercitum reliquit, praecepit, ne se absente pugnaret. Is occasionem idoneam nactus hostes vicit. Ob quam rem a dictatore capitis damnatus, quod se vetante dimicasset, ingenti favore militum et populi liberatus est. Postea Samnites Romanos Veturio et Postumio consulibus apud Furculas Caudinas angustiis locorum conclusos ingenti dedecore vicerunt et sub iugum miserunt. Neque is belli finis fuit. Diu cum ancipiti Marte pugnatum esset, consules Romani cum magnis copiis profecti Samnites ad Sentinum devicerunt, quamvis iis Etrusci Gallique auxiliarentur. In victos atrociter saevitum est : Caius etiam Pontius dux Samnitium biennio post captus cum cruciatu necatus est.

War with Pyrrhus.

36.—Inde Tarentinis bellum indictum est quia legatis Romanis iniuriam intulerunt. Hi Pyrrhum, Epiri regem, contra Romanos auxilium poposcerunt. Is mox in Italiam venit, tumque primum Romani cum transmarino hoste dimicaverunt. Missus est contra eum consul P. Valerius Laevinus, qui cum exploratores Pyrrhi cepisset, iussit eos per castra duci, ostendi omnem exercitum,

tumque dimitti, ut renuntiarent Pyrrho quaecunque a Romanis
agerentur. Commissa mox pugna, cum iam Pyrrhus fugeret,
elephantorum auxilio vicit, quos incognitos Romani expaverunt.
Pugnantes nox diremit; Laevinus tamen per noctem fugit,
Pyrrhus Romanos mille octingentos cepit eosque summo honore
tractavit, occisos sepeliendos curavit. Quos cum adverso vulnere
et truci vultu etiam mortuos iacere vidisset, tulisse ad caelum
manus dicitur cum hac voce : se totius orbis dominum esse
potuisse, si tales sibi milites contigissent.

Negotiations with Pyrrhus.

37.—Postea Pyrrhus iunctis sibi multis e Samnitibus aliisque
gentibus qui odio infensi in Romanos erant, omnia ferro et igne
vastavit. Legati ad Pyrrhum de redimendis captivis missi ab
eo honorifice excepti sunt, captivi sine pretio redemptionis
Romam missi. Unum ex legatis Romanorum, cui Fabricio
nomen erat, sic admiratus est, ut cum eum pauperem esse cogno-
visset, quarta parte regni promissa sollicitare vellet ut ad se
transiret ; quam conditionem sprevisse Fabricium virum expertae
probitatis auctores narrant. Quare cum Pyrrhus ingenti Romanorum admiratione teneretur, legatum misit, virum in primis
facundum, Cineam nomine, qui pacem aequis condicionibus
peteret, ita ut Pyrrhus quam iam armis occupasset, Italiae
partem obtineret.

Renewal of Hostilities.

38.—Cum pax Romanis displiceret, legati ad Pyrrhum missi
sunt qui nuntiarent, eum cum Romanis, nisi ex Italia recessisset,
pacem habere non posse. Tum Romani iusserunt captivos
omnes, quos Pyrrhus reddiderat, infames haberi, quod armati
potuissent capi, nec ante eos ad veterem statum reverti, quam
binorum hostium occisorum spolia retulissent. Ita legatus

Pyrrhi reversus est. A quo cum quaereret rex, qualem Romam reperisset, Cineas dixit, regum se patriam vidisse ; scilicet tales illic fere omnes, qualis unus Pyrrhus apud Epirum et reliquam Graeciam putaretur.   Inde missi sunt contra Pyrrhum consules. Certamine commisso Pyrrhus vulneratus est, elephanti interfecti. viginti milia caesa hostium, et ex Romanis tantum quinque milia.   Pyrrhus igitur Tarentum se recepit, non enim is erat qui fusum militem hosti temere obiiceret, gnarus aliquot dierum spatium ad recreandos suorum animos opus esse.

Final Defeat of Pyrrhus.

39.—Interiecto anno contra Pyrrhum Fabricius est missus, cui, ut supra demonstravimus, persuaderi non poterat quarta parte regni promissa ut suos destitueret.   Inde, cum vicina castra ipse et rex haberent, medicus Pyrrhi ad eum noctu venit, promisitque se Pyrrhum veneno occisurum, si sibi auri aliquid daretur.   Quem Fabricius vinctum reduci iussit Pyrrhoque dici quae contra caput eius medicus spopondisset.   Quibus auditis rex, Ille est, inquit, Fabricius, qui difficilius a probitate quam sol a cursu suo averti potest.   Tum rex ad Siciliam profectus est, Fabricius, victis iis qui se Pyrrho adiunxerunt, triumphavit. Consules inde Curius Dentatus et Cornelius Lentulus adversus Pyrrhum missi sunt.   Curius cum atrociter pugnatum esset, fusis regis copiis, castra cepit.   Eo die caesa hostium viginti tria milia.   De Pyrrho triumphum egit Curius ; idem primus elephantos Romam duxit.   Inde Pyrrhus in Graeciam regressus, dum oppidum quoddam vi oppugnat, tegula a muliere coniecta ictus decessit.

The Simplicity of the old Romans.

40.—Quamvis postea Romani ditiores facti sint, finesque latiores habuerint, eos optima vivendi ratione cum contra

Latinos Samnites Pyrrhum dimicarent usos esse confitendum est. Id enim temporis in vita rustica duces post bellum exactum comsumpserunt aetatem, ea contenti largitiones corruptelasque spernebant. Curio ad focum sedenti magnum auri pondus Samnites cum attulissent, repudiati sunt. Non enim aurum habere praeclarum sibi videri dixit, sed iis qui haberent aurum imperare. Poteratne tantus animus non efficere iucundam senectutem ? Ecquis C. Fabricio potius laudandus videtur, cuius probitatem vel advena miratus sit ? Nonne praeclarum exemplum prodidit Cincinnatus ille, qui devictis hostibus dictatura statim se abdicavit, privatus ad agellum rediit ?

Filial Affection.

41.—Neque adhuc filii pietate in patres uti desierant. L. Manlio, cum dictator fuisset, M. Pomponius tribunus plebis diem dixit, quod Titum filium, qui postea, ut demonstravimus, est Torquatus appellatus, ab hominibus relegasset et ruri habitare iussisset. Quod cum audivisset adolescens filius negotium exhiberi patri, accurrisse Romam et cum prima luce Pomponii domum venisse dicitur. Cui cum esset nuntiatum, qui illum iratum allaturum ad se aliquid contra patrem arbitraretur, surrexit e lectulo remotisque arbitris ad se adolescentem iussit venire. At ille, ut ingressus est, confestim gladium destrinxit, iuravitque se illum statim interfecturum, nisi iusiurandum sibi dedisset, se patrem missum esse facturum. Iuravit hoc coactus terrore Pomponius. Rem ad populum detulit : docuit, cur sibi caussa desistere necesse esset ; Manlium missum fecit. Tantum temporibus illis iusiurandum valebat.

First Punic War.

42.—Undecim annis postquam Pyrrhus ex Italia recessit, iterum a Romanis cum transmarino hoste pugnatum est. Erat in Africa urbs Carthago cuius incolae Carthaginienses aut Poeni vocabantur. Qui cum praedones ex urbe Messana expellere voluissent Romanique praedonibus subvenissent, bellum exortum est. In Sicilia quidem victoria penes Romanos stetit, quibus tamen magnopere nocebant Poenorum naves, cum rerum navalium imperiti essent. Quinto autem anno belli, primum Romani in mari dimicaverunt paratis navibus rostratis. Consul Duilius commisso proelio Poenos vicit. Neque ulla victoria Romanis gratior fuit, quod invicti terra mari etiam plurimum posse videbantur. Ne id quidem praetereundum est quod Romani, hactenus nonnisi pedestri pugna nobiles, de hoste rerum maritimarum peritissimo triumphaverunt.

Appius Claudius Pulcher.

43.—Appius Claudius Pulcher, consul adversus Poenos profectus, priores duces culpabat seque quo die hostium classem vidisset, bello finem impositurum iactitabat. Visa Poenorum classe auspicia haberi iussit. Cui cum a pullario esset nuntiatum pullos neque vesci neque e cavea exire velle, irridens, Quin tu, inquit, in aquam eos coniice, ut saltem bibant, quoniam esse nolunt. Inde militum animos religio incedere iram deorum verentium. Commisso proelio victi Romani ; octo milia caesa, viginti milia capta sunt. Itaque Claudius a populo condemnatus est. Postea Claudia soror eius cum a ludis rediens turba premeretur, O si frater, inquit, meus viveret, classique iterum praefectus esset ; qua voce nimiam civium frequentiam minuere se velle significabat. Itaque Claudiae idem quod fratri fatum obtigit.

Regulus in Africa.

44. Bellum inde in Africam translatum est. Consul Regulus cum fines hostium vastasset, copiasque eorum ter vicisset, Poeni pacem peticrunt. Quam cum Regulus nisi iniquis condicionibus dare noluisset, redintegrato bello Romani a Poenis Xanthippo duce devicti sunt, dux ipse Regulus captus. Is postea Romam missus ut de permutandis captivis ageret, apud senatum dixit, se ex illa die qua in potestatem Poenorum venisset, Romanum esse desiisse. Patribus etiam suasit ne pax cum Poenis fieret; illos enim fractos tot casibus spem nullam habere; neque se tanti esse ut tot milia captivorum propter unum senem redderentur. Eum, ut promiserat, in Africam reversum Poeni cum cruciatu necavisse dicuntur.

End of the First Punic War.

45.—Diu cum ancipiti Marte pugnatum esset, Poeni proelio navali magno cum detrimento victi sunt. Terrestribus eorum copiis tum praeerat Hamilcar, vir clarissimus, idem artis bellicae peritissimus. Is Poenis quiete opus esse ratus quo facilius copiae conscriberentur quibus Romanos terra adorirentur, cum mari plurimum possent, civibus suasit ut pacem peterent. Cum et Romanos belli taederet pacem impetraverunt iis condicionibus, ut multum pecuniae Romanis penderent Siciliamque relinquerent. Neque tamen Romanos neque Poenos fefellit fore ut iterum dimicandum esset; crescentibus enim utriusque civitatis opibus copiisque, altera alteri nocitura erat, neque fieri poterat ut orbis terrarum ambabus sufficeret.

The Carthaginians in Spain.

46.—Iam supra demonstravimus bello finem impositum esse quod utramque gentem belli poeniteret, et Hamilcar exercitum vellet conscribere. Nam civibus persuasit ut in Hispaniam cum exercitu contra barbaros mitteretur, ita modo vinci posse Romanos ratus si Poeni iis disciplina militari antecellerent, id quod usu effici posse speravit. Cum iam in eo erat ut proficisceretur sacra dis facit, filioque suo Hannibale, qui novem tantum annos natus erat, advocato, Num ad bellum, inquit, mecum vis ire ? Contra puer : Etiam. Tum pater, Quin tu, inquit, per hanc aram iura nunquam te populi Romani amicum fore. Quo inreiurando adactus puer patrem comitatus est, cui postea demortuo successit. Interim Romani Gallos vicere qui in Italiam impetum fecerant, et foedus cum Poenis fecere ea condicione ne Iberum flumen transirent.

The Origin of the Second Punic War.

47.—Duodeviginti annis post finem primi Punici belli, Hannibal se satis hominum conscripsisse et instituisse ratus, cum Romanis conserere manus constituit. Erat autem in Hispania Saguntum oppidum, cuius cives potestatem Poenorum veriti, societatem cum Romanis iniere. Eos Poenus occasionem nactus adortus est, frustra Romanis denuntiantibus ut bello abstineret. Cui cum diutius resisti non posse videretur, optimates cum quidquid pretiosi esset, id omne igne concremassent, se quoque ipsos in incendium coniecere. Tum vero Romani legatos Carthaginem miserunt qui de iniuria huiusmodi quererentur. Introductus in curiam Q. Fabius princeps legationis sinu ex toga facto, Hic, inquit, porto bellum pacemque ; utrum placet, sumite. Poenis bellum clamantibus, Fabius, excussa toga, Bellum, inquit, do vobis.

Hannibal's Difficulties.

48.—Id autem Hannibal in animo habebat, ne navali proelio cum hoste certaret, ita modo se vincere posse ratus, si exercitu in Italiam ducto, Romanos ibidem adortus esset. Prius autem quam in Italiam venire posset, Pyrenaei montes, flumen Rhodanus, saltus denique per Alpes erant traiiciendi. Neque vero id eum fefellit maturato opus esse ne Romani cum Gallis coniuncti iter impedirent. Spretis tamen periculis quam celerrime potuit profectus, montes flumenque transiit frustra repugnantibus Gallis. Quot autem periculis quantisque difficultatibus se opposuerit apparebit si reputaveris eum in itinere ex sexaginta milibus hominum ad sex et viginti milia perdidisse.

Hannibal defeats the Romans.

49.—Irruentibus Poenis quam primum obviam ire visum est patribus, cum certiores quotidie fierent Gallos Cisalpinos cum Hannibale se iungere. Misso igitur exercitu Scipione duce ad flumen Ticinum pugnatum est. Vix Romam nuntiatum est victos esse Romanos, et alter nuntius allatus est alterum consulem ad Trebiam flumen victum in fugam se recepisse. Magnopere Romae trepidatum est, cum videretur Hannibal tantum non ad urbem pervenisse. Is tamen in Gallia Cisalpina hiemare constituit, quo facilius recreatis suorum viribus, ipsam Romam proximo anno adoriretur. Quodsi magnis itineribus ad urbem prius accessisset quam alius exercitus comparari potuisset, de Romano imperio actum fuisset.

The Plans of the Roman Dictator.

50.—Ineunte vere Romanos ad lacum Trasimenum circumventos oppressit Poenus. Qua re nuntiata trepidi cives Q. Fabium Maximum dictatorem creavere. Is cum sciret suos Poenis esse impares, belli rationem mutavit. Neque eum fefellit fore ut hostes tot milibus passuum, tot montibus, tot fluminibus, mari denique a patria semoti in dies infirmiores evaderent, cum in locum demortuorum caesorumve novae copiae suppleri nequirent. Itaque differendo bello hostem carpere, palantes excipere, quocunque modo posset nocere Hannibali constituit.

Quae consilia Romanis multum profuere, cum non auderet
Poenus ad urbem accedere, ne agmine per hostium fines iter
faciente, impeditum a tergo Fabius adoriretur.

Hannibal escapes from Danger.

51. —Quibus artibus usus Fabius Poenum in angustiis inclusit;
sed ille callidior erat quam qui facile capi posset. Nam arida
sarmenta boum cornibus alligata noctu incendit : boves dolore
et flammae luce efferati per montes silvasque huc illuc discurrere.
Quod ubi animadverterunt Romani e tentoriis proruere miraculo
rei attoniti : Fabius autem dolos esse ratus militem intra vallum
retinuit. Dum haec geruntur Hannibal ex angustiis exercitum
eduxit. Narrant scriptores, Poenum, ut Fabio apud suos fidem
minueret, agrum eius intactum reliquisse cum ceterorum omnium
agros populatus esset. Fabium autem ut se suspicione liberaret
agrum vendidisse, eiusque pretio captivos redemisse.

Hannibal takes Tarentum.

52.—Neque ita multo post Hannibal Tarento potitus est,
cum nonnullis ex optimatibus persuasisset ut urbem traderent.
Qui per speciem venandi urbe egressi ab Hannibale moniti sunt
ut cum redirent pecora ad urbem agerent, praedae partem custodibus portae darent. Quod cum saepius esset factum custodes
dato signo portam aperiebant. Hannibal igitur de hac re certior
factus cum satis magnis copiis venatores secutus est. Dato signo
custodes portam aperiunt. Dum aprum, quem secum portabant
venatores, mirantur, incauti obtruncantur. Tum impetu facto
Poeni in urbem ruere, in Romanos saevire. Livius Salinator
Romanorum praefectus spe salutis deiectus, ubi receptui cecinit
in arcem cum paucis se recepit.

Fabius retakes Tarentum.

53.—Inde Hannibal praesidio in urbe relicto cum exercitu discessit. Quibus auditis Fabius quam celerrime potuit Tarentum contendit. Veritus autem ne Poenus obsessis auxiliaretur ad dolum se contulit. Praefecto urbis corrupto Romani murum ascenderunt. Fit strages Poenorum: urbs iterum praesidio Romano munitur. Tum Fabius Salinatori, qui amisso oppido fugerat in arcem, glorianti atque ita dicenti, Mea opera, Q. Fabi, Tarentum recepisti : Certe, inquit ridens : nam nisi tu amisisses, ego nunquam recepissem. Poenus quid accidisset certior factus, et Romanis esse suum Hannibalem confessus est; eadem qua ipse cepisset arte Tarentum amissum esse.

The Battle of Cannae.

54.—Pigebat tamen inertiae Romanos, veritos simul ne Itali se cum hoste coniungerent. Itaque consules magnis copiis praefecti apud vicum qui Cannae appellabatur in Poenos impetum fecerunt. Fusus fugatusque est Romanus exercitus, neque usquam graviore vulnere afflicta est respublica. Neque tamen urbe potiri victor potuit minime ignarus multas civitates in societate Romanorum permanere. Interim Romani copiis in Hispaniam missis Hasdrubalem, fratrem Hannibalis, impediebant Hannibali subvenire. Itaque Poenus nuntiis Carthaginem missis oravit ut quamprimum copiae in Italiam mitterentur, alioquin Romanos invictos fore. Quam legationem spreverunt Carthaginienses, aiebant enim eum qui tot victorias de Romanis reportasset satis hominum habere.

Defeat of Hannibal.

55.—Itaque Hannibal de male gestis in Hispania rebus certior factus, neque ullam spem aut sibi aut fratri superfuturam ratus,

nisi fratris copiae cum suis coniungerentur, Hasdrubalem in
Italiam cum omnibus copiis evocavit. Is tandem occasionem
nactus, eodem itinere quo Hannibal venerat profectus est. Consules autem eum in insidiis captum ad flumen Metaurum vicerunt.
Neque ita multo post Hasdrubalis caput in castra Poenorum
coniectum ad Hannibalem defertur, ignarum adhuc quid fratri
accidisset. Quod cum vidisset actum esse animadvertit, neque
ullam relinqui spem fore ut Roma potiri posset.

Battle of Zama.

56.—Anno quarto decimo postquam in Italiam venerat,
Scipio, qui multa in Hispania bene egerat, expulsis inde Carthaginiensibus, consul factus in Africam missus est. Cui viro divini
aliquid inesse existimabatur, adeo ut putaretur etiam cum numini-
bus habere sermonem. Is Poenorum exercitum profligavit,
tentoriis enim noctu clam incensis, multos mortales inter trepi-
dationem obtruncavit. Qua clade perterritus senatus Carthagini-
ensium Hannibalem ex Italia arcessivit. Qui ubi in Africam rediit,
omnibus copiis praefectus est, dato negotio ut Romanos ex Africa
expelleret. Cum utrinque peritissimi duces essent, atrociter
pugnatum est. Scipio autem, equitibus praepollens, cum iis
Poenum a tergo adortus, exercitum hostium fudit fugavitque.
Victi Carthaginienses pacem iniquis condicionibus impetraverunt. Hannibal exsulatum coactus abire, cum multas regiones
adiisset, veneno tandem se interemit.

The Conquest of Macedonia.

57.—Devictis tandem Poenis, Philippo, Macedonum regi,
bellum indictum est, cuius potestas maior videbatur quam quae
tolerari posset. Adversus eum T. Quinctius Flamininus rem
prospere gessit. Pax data est his legibus : ne Graeciae civitatibus,

quas Romani contra eum defendissent, bellum inferret; captivos et transfugas redderet; quinquaginta solum naves haberet,
reliquas Romanis daret; per annos decem quaterna milia pondo
argenti praestaret, obsidem daret filium suum Demetrium.
Romanus etiam Lacedaemoniis intulit bellum.   Ducem eorum
Nabidem vicit, et quibus voluit condicionibus in fidem accepit.
Ingenti gloria duxit ante currum nobilissimos obsides, Demetrium
Philippi filium et Armenen Nabidis.   Postea Persea Macedonum
regem, qui bellum renovaverat, devicit L. Aemilius Paullus, to-
tamque Graeciam in provinciae formam redegit.

The Romans in Spain.

58.—Hoc fere tempore Romanis vehementer resistebatur ab
Hispanis, qui cum Viriatho duce rebellassent, non semel exercitus
Romanos fuderunt.   Cuius belli cum, ut fit, Romanos taedere
coepisset, icto foedere, aliquamdiu quies fuit.   Interim Q. Caepio
dux Romanorum cum fortiorem Viriathum quam qui vinci posset
existimaret, dolo et fraude uti constituit.   Itaque tribus ex
Viriathi sodalibus magno proposito praemio suasit ut illum
dormientem trucidarent.   Neque   tamen   omnino   requievit
Hispania, seditione Numantiae inita.   Quae cum reprimi nequiret,
urbs obsidetur.   Diu utrinque summa virtute pugnatum est:
cives tandem plures iique nobilissimi, omni aditu urbis clauso,
spe salutis deiecti, fame simul adacti se ipsi interfecerunt.
Quod civium supererat in deditionem venit, et Hispania pacata
est.

The Destruction of Carthage.

59.—Post aliquot annos Romani, veriti ne Poeni refectis
viribus cladem suam ulcisci conarentur, occasionem renovandi
belli quaerere constituerunt.   Itaque cum Masinissa rex

Numidiae, idem socius Romanorum, Poenis bellum indixisset, Romani legatos Carthaginem miserunt qui obsides imperarent, arma omnia tradi iuberent. Quibus condicionibus cum professi essent Poeni obtemperaturos sese, senatus rescripsit urbem Carthaginem diruendam, novam decem milia passuum a mari aedificandam. Negantibus bellum indictum est. Inde Carthago per triennium obsessa a Scipione vi expugnatur: incensa aedificia, moenia solo aequata sunt. Triumphum Scipio egit, qui et ipse nomen meruit quod avus eius acceperat, scilicet ut propter virtutem Africanus vocaretur.

Result of the Punic Wars.

60.—Finito Punico bello cum Romani imperitarent Italis Graecis Hispanis, necnon iis qui in Asia et Africa haud procul a mari habitarent, mare Mediterraneum lacus, ut ita dicam, Romanus est factus. Itaque cum maior videretur Romanorum potestas quam cui resisti posset, victae gentes in officio plerumque manebant, sive in provinciae formam redactae, sive adhuc suis regibus specie parentes, Romanis servitutem revera servientes. Inde nonnisi adversus ignotas parumque civiles gentes bella geri coepta sunt, quibus pro ut vincebantur, iura instituta, ratio denique vitae humanioris tradita est.

Social Changes at Rome.

61.—Haud mirum videbitur, tot tantisque rebus prospere gestis, victorum mores mutatos esse. Neque enim id temporis imperatores, ut antea, pauperes viri erant, qui nonnisi imminentibus reipublicae periculis sumebant arma, et debellato hoste ponebant, sed primores civitatis, spreta agrorum cultura, in bellum gerendum aut officia publica exsequenda toti incumbebant. Simul multae res peregre exquisitae vulgari, et artes disciplinaque

Graecorum ad effeminandos hominum animos tendere coeperunt, cum suum quisque commodum otiumque petens, ad detrectandam militiam pronior in dies fieret. Inde luxus pervulgari, neglectaque deorum cura, prisci mores in peius ruere coeperunt.

Scipio and Cato.

62.—Inter primores id temporis praecipue eminebat Publius Scipio, cui agnomen Africano post victum Hannibalem inditum est, et Marcus Cato. His graves intercedebant simultates, cum alter Graecis moribus et disciplinae faveret, alter priscos mores et antiquas consuetudines probaret. Cum vero inimici Scipionis occasionem nocendi diu quaesivissent neque ullam reperire potuissent, fratri eius Lucio Scipioni, cui Asiatico agnomen erat propter victoriam de Antiocho Syriae rege reportatam, diem dixerunt. Is accusatus quod pecunias publicas furatus esset, fratris ope criminis absolutus est. Postea Africanus exsulatum abiit immemorem beneficii gentem exprobrans. Neque Catonis monitis obtemperabant Romani, cum moleste ferrent sibi luxum mutatosque mores obiici.

Rome governed by the Rich.

63.—Iam pluris haberi divitiae coeptae sunt, adeo ut omnes fere magistratus obirent locupletes viri, neque ii multi, e ditissimis gentibus orti. His nomen optimatibus datum est. Penes quos cum summa potestas esset, senatus ex eiusdem generis hominibus constabat, qui populo imperitabant; neque multum potestatis consulibus concessum est, quibus reipublicae cura a patribus demandabatur. Dum adhuc bellum adversus Poenum gerebatur, res bene administrabantur, sed post victam Asiam, neglecta reipublicae cura, patres pro se quisque divitias coacervare cupiebant. Inde in deterius adeo verti mores ut optimus quisque vereretur ne qua clades aliquando oriretur, cum constaret patres suo quemque commodo studere, neque civitatis ullam habere rationem.

Growing Corruption at Rome.

64.—Tot populis victis, cum nusquam esset civitas par Romanis, una urbs toti orbi terrarum imperitabat. Cives autem in tres partes divisi sunt, optimates equites vulgus. Optimates, ut supra demonstravimus, reipublicae praeerant, sed cum leges in comitiis ferri oporteret, patribus curae erat vulgo placere, ne, nolentibus civibus, quod facere vellent, id nullo modo exsequi possent. Itaque frumentum civibus dividebant magistratus, qui etiam ludos in circo magna impensa exhibebant. Itaque cives deteriores in dies fiebant cum appareret cibum ludosque circenses gratis datum iri. Equites autem, qui olim stipendia faciebant, raro mereri, in opes comparandas toti incumbere. Itaque omnia in peius ruere, patribus summam potestatem penes se habere conantibus, equitibus divitias coacervantibus, segni plebe neque quicquam agente.

The State of Italy.

65.—Italia vero tamdiu ab Hannibale vastata, relictis agris homines in oppidis habitabant. Cum enim divites agros magni emere vellent neque coloni satis pecuniae ad emendum haberent, penes paucos praedia fuerunt, quae colebant servi, cum facilius esset servorum opera uti quam liberos conducere. Quae res effecit ut coloni in oppidis segnes habitarent, aut mercede conducti stipendia facerent. Itaque, quamvis divitiores essent Romani, minus apti ad bella gerenda fiebant, cum agrestium genus, quorum victoria toties penes Romanos steterat, nusquam compareret. Neque grato in Latinos animo fuerunt Romani, quamvis in officio permansissent, sed etiam iis spem civitatis ademerunt.

The Provinces.

66.—Mos erat ut consulares post consulatum provincias administrarent. Consules autem cum a plebe designarentur, ludis faciendis, muneribus distribuendis plebi grati esse conabantur. Quas propter largitiones vulgo fiebat ut proconsules, id nomen provinciarum administratoribus fuit, priusquam in provincias abire possent, magno essent in aere alieno. Itaque ut aes persolvi posset, pecuniae a provinciis extorquendae erant. Proconsules autem, si quando admisso quo facinore rei fierent, iudicibus, qui senatores erant, pecunia corruptis, plerumque criminis absolvebantur, cum eo munere aliquando et ipsi fungi cuperent patres.

Tiberius Gracchus.

67.—Tiberius quidam Gracchus corruptos civium mores aegre ferens, Italorum simul Latinorumque miseritus, cum tribunus plebis esset, ab optimatibus descivit, legem agrariam tulit. Agro enim publico utebantur optimates, neque pauperes ruri habitare poterant. Civitatem etiam Italis omnibus dare volebat, veritus ne ii propter superbiam Romanorum irati coniurationem aliquam inirent. Legem populus iussit auctore Tiberio. Itaque odio infensi patres deliberaverunt quidnam faciendum esset. Cum Tiberius in insequentem annum tribunatum ambiret, coorta rixa interfectus est; mortui corpus in Tiberim proiectum.

Caius Gracchus.

68.—Decem post annis Caius Gracchus, frater Tiberii, eadem consilia exsequi conatus est. Itaque plebem conciliavit lata lege ut frumentum minimi a civibus emeretur. Equitibus idem persuasit ut suis consiliis faverent, aucta eorum potestate. Inde cum plebem equitesque sibi conciliasset, legem agrariam tulit, agrumque

publicum civibus distribuit. Postea civitatem Latinis dare
conatus, civibus valde displicuit, qui legem antiquarunt, cum
panem et circenses communi Italiae commodo anteponerent.
Postero anno Caius tribunus esse desiit, et eodem modo quo
frater, coorta rixa ab inimicis trucidatus est.

A Statesman on the Corn Law.

69.—Piso ille Frugi semper contra legem frumentariam
dixerat. Is, lege lata, consularis ad frumentum accipiendum
venerat. Animadvertit Gracchus in concione Pisonem stantem.
Quaerit audiente populo Romano, cur frumentum petat qui
legem frumentariam dissuaserit. Nolim, inquit, mea bona,
Gracche, tibi viritim dividere libeat, sed si facias, partem petam.
Parumne declaravit vir gravis et sapiens lege Sempronia patri-
monium publicum dissipari?

War against Iugurtha.

70.—Post Carthaginem deletam summa potestas in Africa
penes Numidas fuit. Horum rex, cui nomen Micipsae erat,
moriens filiis duobus et principi cuidam quem adoptaverat
regnum tradidit. Is fratres trucidavit ut solus Numidiae
imperio potiretur. Cognito Romae scelere bellum Iugurthae
indictum est. Missus adversus eum consul, corruptus regis
pecunia, pacem flagitiosissimam fecit. Iugurtha tandem a
Quinto Metello, qui pecuniam accipere nolebat, fusus fugatusque
est; quae victoria Metello nomen Numidico dedit.

Rise of Caius Marius.

71.—Erat autem in exercitu Metelli legatus quidam, cui nomen
Caio Mario erat, humili loco natus, vir singulari virtute idem

c

belli peritissimus. In locum Metelli suffectus bellum Iugurthinum prospere coeptum confecit, Iugurtham triumphans ante currum egit. Inde cum exercitui praeesset et patrocinium plebis suscepisset, omnium civium potentissimus fuit. Cum enim bella peregre gererentur, multi homines stipendia ob lucrum faciebant, neque ut antea cives indicto bello sumebant arma, finito ponebant. Marius et ipse miles militibus gratissimus erat, itaque ope exercitus quicquid vellet id exsequi poterat.

War with the Cimbri and Teutones.

72.—Dum bellum in Numidia contra Iugurtham geritur, Cimbri et Teutoni adiunctis aliis Germanorum et Gallorum gentibus Italiae minabantur, tresque Romanorum exercitus vicerunt. Hi novi hostes, ab extremis Germaniae et Galliae finibus profugi, novas sedes quaerebant. Ingens fuit Romae timor, verentibus civibus ne iterum Galli urbem occuparent. Itaque Marius consul creatus, eique bellum contra Cimbros et Teutonos decretum est ; belloque protracto, tertius ei et quartus consulatus delatus est. Teutonos primo adortus proelio oppressit, tantaque caedes hostium fuit ut victores de cruento flumine, quod prope hostium castra erat, non plus aquae bibisse quam sanguinis dicerentur. Deletis Teutonis Cimbros simili clade affecit ; ne mulieribus quidem et infantibus parsum est.

Lucius Saturninus.

73.—Magnam laudem assecutus propter deletos barbaros Marius potentior in dies fiebat. Neque tamen prodesse civitati volebat sed commodo studebat suo. Itaque plebem plus valere ratus, Lucio Saturnino tribuno plebis leges agrarias ferenti auxilio fuit. Facto deinde tumultu Marium oraverunt patres ut

seditionem comprimeret.   Is cum aliquamdiu dubitasset quidnam faciendum esset, armatis tandem civibus Saturninum
obtruncavit.   Neque ex eo tempore quisquam Mario adhibere
fidem voluit, cum constaret eum utrasque partes fallere, et
nonnisi suo ipsius commodo studere.

Marcus Livius Drusus.

74.—Interim crescere tumultus et simultates, querentibus Italis
sibi iniurias a Romanis inferri.   Et odio infensi Latini, quibus
denuntiatum erat ut ex urbe extemplo excederent, seditionem
adversus Romanos iniverunt.   Ecquem eiusmodi iniurias
toleraturum, cum qui semper in officio mansissent, iis spem
civitatis omnino abreptam ?   Ne id quidem sibi concedi ut pro
servis habiti in urbe relinquerentur.   Qua ex seditione ne clades
oriretur M. Livius Drusus tribunus plebis legem tulit ut civitas
Italis omnibus daretur.   Sed iratis patribus et plebe, eo die quo
legem rogari oportebat, tumultus exortus est.   Drusus pugione a
sicario confossus periit.

The Social War.

75.—Quod scelus ubi percrebuit, cum appareret nihil unquam
a Romanis impetrari posse, Itali bellum civibus indixerunt.
Inter Italos praecipue eminebat Samnitium virtus.   Diu atque
atrociter pugnatum est ; tandem victi socii a Lucio Cornelio
Sulla, qui artem belli didicerat in Africa cum Marius contra
Iugurtham dimicaret.   Italis tamen, exceptis Samnitibus et
Lucanis, cum in deditionem venissent, civitas data est.
Apparebat enim, nisi numerus civium auctus esset, Romanos
deletum iri, neque aliter concordem fore Italiam, nisi novi cives
veteribus civibus pares facti, onera reipublicae suscipere vellent
ea conditione ut commodorum partem acciperent.   Cum enim
in dies crescerent Romanorum fines totque hostes in officio

continendi essent, id civibus exitiosissimum fore videbatur si domi quoque inimici eadem qua Romani stirpe oriundi reipublicae inviderent.

The First Civil War.

76.—Cum Mithradatis, regis Ponti, nimia videretur potestas, bellum ei indictum est, Lucio Cornelio Sullae, uni ex consulibus, negotio dato. Sed cum C. Marius ei hunc honorem eripere conatus esset, Sulla qui adhuc cum legionibus suis in Italia commorabatur, cum exercitu Romam venit, inimicorum alios trucidavit, alios atque ipsum Marium in exilium abire coegit. Tum rebus Romae compositis in Asiam quam celerrime proficisci constituit. Interim Mithradates cum Italos qui in Asia erant interficiendos curavisset, copias auxilio Graecis qui a Romanis defecerant, misit. Sulla tamen, Graecis in deditionem venire coactis, pluribus proeliis victum Mithradatem coegit ut pacem a Romanis peteret, et provinciis, quas invaserat, relictis, regni sui finibus contentus esset.

Marius in Exile.

77.—C. Marius, ut supra demonstravimus, exsulatum abire coactus vix ex Italia excedere potuit. Cum enim in Africam se recipere conaretur, ad Minturnas, a nautis expositus, aliquamdiu in palude, mento tenus in caeno sedens, delituit. Deprehensum tamen hostes in custodiam ubi coniecerunt, servum miserunt qui eum occideret. Eum cum ad se gladio stricto accedentem vidisset Marius, Tune, inquit, Marium trucidare audebis? Qua voce exterritus servus abiecto gladio in fugam se recepit, Marium e carcere Minturnenses emisere. Is deinde in Africam traiecit, et ad Carthaginis ruinas se recepit. Inde a magistratibus abire iussus, nisi vellet in se animadverti, Abite, inquit, Caium Marium in Carthaginis ruinis sedentem vidistis.

Return of Marius.

78.—L. Sulla Roma profecto parum consentiebant inter se
consules, quorum alter Sullae, alter, cui nomen Cinnae erat, Marii
partibus favebat. Itaque Cinna conscripto exercitu Marium ad
urbem reduxit. Is, tot suis periculis et infortuniis efferatus, ubi
de inimicis poenas sumere constituit, per quinque dies quoscunque vellet ex optimatibus trucidabat. Inde septimum consul
factus, eo magistratu brevi fruitus est. Septuaginta annos natus
morbo decessit, ne militibus quidem gratus, quos saevitiae eius
poenitebat. Haud ita multo post Sulla in Italiam regressus est,
sed fortiores adversarios certior factus quam quibus resisti posset,
in meridionali Italiae regione aliquamdiu commoratus, animos
hominum sibi conciliabat, idoneam occasionem regrediendi ad
urbem opperiens.

Sulla Master of Rome.

79.—Samnites, qui adhuc invicti erant, optimates Romanos
perosi, se cum Marianis coniunxerunt. Qui Sullae diutius resisti
non posse rati, Romam contenderunt, eo consilio ut urbem igne
concremarent, ne Sullae in deditionem veniret. Quod ubi
cognitum Sullae, magnis itineribus et ipse Romam contendit.
Haud procul ab urbe atrociter pugnatum est. Victis Samnitibus
Sulla urbe potitus potestatem optimatium restituere constituit.
In inimicos summa crudelitate saevitum est, quorum ad quinque
milia caesos esse satis constat. Deinde adversariis trucidatis
aut exsulatum abire coactis, Sulla dictator creatus multas leges
tulit quae auctoritatem senatus stabilirent. Neque ita multo
post cum dictatura et consulatu se abdicasset, omissa reipublicae
cura in villam privatus recessit. Ibidem morbo exstinctum,
cives quam maxima pompa sepeliendum curaverunt.

The Results of the Civil War.

80.—Neque diu otio frui ˉpotuit civitas, quamvis patrum auctoritate stabilita, domi respublica iure administraretur. Mox crudescere mala, quibus civitas tamdiu laborabat. Italia enim tot tantisque bellis vastata, colonis in urbes ex agris remotis, cum Sulla militibus suis praedia divisisset, neque tamen eos agrorum culturae assuefacere posset, qui divenditis praediis brevi in urbes redire coeperunt, idem quod antea passim agrorum silentium, eadem pauperum in urbibus frequentia fuit. Patres quoque et optimates in comparandas divitias toti incumbere ; dum magistratus suo tantum commodo student, invalida foris respublica fieri coepta est, cum satis constaret iniuriarum, si quae inferrentur, aut tardius aut omnino non vindicem exstiturum.

Sertorius in Spain.

81.—Itaque in Hispania seditionem init Quintus Sertorius unus e C. Marii legatis, qui regresso Sulla in exsilium abiit. Cum barbaros sibi conciliasset, is enim erat qui eiusmodi hominibus persuadere posset, idem multos Romanos secum haberet, mox tantis praefuit copiis, ut quae vellet, facile exsequi posset. Quod ubi animadverterunt patres, Cn. Pompeium cum magno exercitu adversus eum miserunt. Cum diu pugnatum esset, neque finis belli appareret, Hispanos tandem cladis poenitere coepit. Tum nonnulli e legatis Sertorium in tentorio inter pocula trucidaverunt. Ita finis bello impositus est et Hispania tamdiu vastata requievit.

Troubles in the East.

82.—Nec in Hispania solum acceptae clades. Nam id temporis piratae mare mediterraneum latrociniis infestum habebant, captas mercatorum naves ad suas sedes inter insulas devehebant. Adversus eos susceptae nonnullae expeditiones, neque ex sententia Romanis eventus fuit, cum qui classi praeerant remissius rem agerent. Et in Asia parum prospere res gerebantur, ubi Mithradates, vetus reipublicae hostis, ita modo vincebatur, ut maiore alacritate victores adoriretur. Magna sane virtute utebantur exercitus consulares, sed nusquam finis belli apparebat, cum nondum dux exstiterat qui prohibere posset quominus Mithradates novis sociis sibi coniunctis bellum traheret.

The Gladiatorial War.

83.—Quae res cum documento sint patrum auctoritatem foris spretam, domi etiam invalidam esse palam fecit novum in Italia bellum commotum. Septuaginta enim quatuor gladiatores duce Spartaco, e ludo gladiatorio, qui Capuae erat, cum effugissent, per Italiam vagantes paene non levius bellum, quam ipse Hannibal, moverunt. Quibus cum fugitivi servi et gladiatores quotidie se coniunxerunt, Spartacus brevi tantis praefuit copiis ut multos duces et duos Romanos consules posset vincere. Sed cum, ut fere fit, apud indoctos homines et coercentium impatientes simultates intercederent, et ipsi victi sunt in Apulia a M. Licinio Crasso proconsule. Mox debellatum est a Cn. Pompeio qui mortuo Sertorio ab Hispania arcessitus erat.

Supremacy of Pompeius.

84.—Quibus rebus gestis verebantur cives ne Pompeius, id quod fecerant Marius et Sulla, in urbem cum exercitu ingressus summa potestate potiretur. Neque tamen hoc egit Pompeius privatus in urbem regressus : qui cum optimatibus plebique placere conaretur, omnium sibi favorem conciliavit. Taedebat enim cives belli tot tantisque cladibus affectos, Pompeiusque unus omnium bellis finem imponere posse videbatur. Itaque magnis copiis praefectus, summo patrum plebeiorumque studio, piratas adhuc invictos oppressit, quorum classe deleta non insulis modo quo se recipere solebant, potitus est, sed et castella in continente vi expugnata igne concremavit.

Wars in the East.

85.—Mox ei delatum est bellum contra Mithradatem et Tigranem. Quo suscepto Mithradatem proelio conserto victum castris exuit. Is cum in fugam se recepisset comitantibus uxore paucisque ex amicorum numero, haud ita multo post, ne in potestatem Romanorum veniret, veneno se interemit. Tigrani deinde Pompeius bellum intulit. Eum brevi victum parte regni multavit et grandi pecunia. Inde in Iudaeam transgressus, Hierosolyma caput gentis expugnavit, duodecim milibus Iudaeorum occisis, ceteris in fidem receptis. Tum Romam reversus triumphum insignissimum egit. Ante triumphantis currum ducti sunt filii Mithradatis, filius Tigranis, et Aristobulus rex Iudaeorum.

The Chief Statesmen of the Time.

86.—Dum haec geruntur auctoritas senatus minoris in dies haberi coepta est: erant enim in urbe multi homines neque ii invalidi qui optimatibus adversabantur. Ad quos comprimendos cum unus Pompeius valeret, qui e familiaribus Sullae fuerat, eundem verebantur optimates et parum fidei ei adhibebant. Praecipue inter optimates eminebat M. Porcii Catonis virtus, qui laudator acti temporis pristina Romanorum probitate adhuc utebatur. Magna etiam potestate erat M. Licinius Crassus, qui magnis opibus praeditus, largiendo blandiendoque omnes sibi conciliare conabatur. Orator id temporis facundissimus erat M. Tullius Cicero, vir moderationis expertae idem incorruptis-

simus qui ut meliora semper probabat ita auctoritatis patrum
suasor fuit. Interim maiore semper apud plebem potestate
fieri C. Iulius Caesar qui quamvis nobili stirpe Iuliorum oriundus
esset, plebi gratissimus fuit.

Catilina's Conspiracy.

87.—Quanto in discrimine res Romae fuerint, documento est
seditio a Lucio Sergio Catilina inita. Is nobili patre genitus,
Sullae idem coniunctissimus, cum aere alieno laboraret, rebus
novandis studebat, ita modo se ruinam effugere posse ratus, si
magistratus oppressisset. Itaque cum se plebi favere professus
esset consulatum petiit absente Pompeio. Qua spe deiectus
ubi urbe excessit magnas copias comparavit. Qui ei favebant
indicta caussa a M. Tullio Cicerone, qui eo anno consul fuit,
capitis damnati sunt. Insequenti anno conserto proelio exercitus Catilinae fusus fugatusque, ipse fortissime dimicans interfectus est. Postea Ciceroni diem dicunt inimici, quod cives
indicta caussa capitis damnavisset. Is, cum caussam praestare
non potuisset, exsulatum abiit.

The First Triumvirate.

88.—In hoc statu rerum verebantur cives ne Pompeius exercitu in urbem ducto omnia suae ditionis faceret. Quam exspecta-
tionem fefellit Pompeius, qui exercitu dimisso privatus in urbem
iniit. Primum quidem omnes grato in Pompeium animo erant
cum metu liberati essent. Is tamen brevi tempore intermisso
ubi animadvertit se minore apud plebem gratia esse, intercedenn-
tibus etiam simultatibus adversus patres, cum C. Iulio Caesare
et M. Crasso societatem init ut quod quisque vellet, id efficere
possent. Itaque Caesar consul factus legem agrariam tulit quae
veteranis Pompei agros distribueret. Inde iubente populo pro-
consul Galliae designatus magnas copias conscripsit.

Caesar's Rule in Gaul.

89.—Ineunte vere Caesar in Galliam ingressus intra septem annos totam regionem suae ditionis fecit, et in Britanniam expeditione facta regulos aliquot proeliis vicit. Erant Caesari multa simul agenda, cum continuum fere bellum in Gallia gereretur, neque tamen auderet res Romae negligere. Per totum hoc tempus omnia ex sententia evenerunt. Parcebat victis, quorum si qui in officio manere vellent, in eos summa humanitate utebatur. Ita conciliatis Gallorum animis, vias munire, flumina pontibus iungere, mores et instituta Romana inferre coepit. Quanta autem prudentia provinciam adminis- traverit, documento est quod Galli adversus Romanos dimicare desierunt neque seditionem inierunt ne eo quidem tempore cum Caesar exercitum in Italiam reduxit.

The Action of the Triumvirate.

90.—Interim Caesar occasionem opperiebatur, neque tamen e Gallia excedere volebat cum magno in aere alieno neque par solvendo esset, multosque homines qui plurimum apud plebem valebant sibi conciliare cuperet. Cum omnia penes tres viros essent, Pompeius et Crassus consules facti, imperium Caesaris in quinquennium alterum prorogaverunt. Pompeio Hispania, Syria Crasso provincia obtigit. Quae patribus minime cordi esse, quos non fefellit fore ut auctoritas sua minueretur, simul quanto opere mutata esset respublica, gnaros imperio potiturum potentissimum quemque pro ut occasio ei oblata esset.

Breaking up of the Triumvirate.

91.—Circa hoc tempus M. Crassus in Syriam profectus adversus Parthos expeditionem suscepit. Sed cum ad Carrhas, id vico nomen fuit, contra omina et auspicia proelium com-

misisset, a Surena, Orodis regis duce, victus et interfectus est
cum filio, clarissimo et praestantissimo iuvene. Mortuo Crasso
inter se dissentire coeperunt Caesar et Pompeius, cum viderent
summam potestatem penes se esse, neque alter alteri, ut fit,
vellet decedere. Inde ambo copias conscribere, favorem civium
conciliare sibi conari, minime ignari bellum civile tantum non
adesse et pro imperio dimicandum fore.

Increased Power of Pompeius.

92.—Pompeius, cui ut supra demonstratum est Hispania
evenerat, contra legem in urbe commoratus senatui persuasit ut
magistratus sibi in quinquennium prorogaretur. Quo consilio se
Caesarem potentia superaturum esse rebatur, quod ipse exercitum
habiturus esset eo tempore cum Caesar se magistratu abdicasset.
Interim maiore in dies potestate fieri Pompeius, cum quotidie
rixae in urbe exardescerent, neque cives a patribus, quibus
parum auctoritatis fuit, retineri possent. Quod ubi cognitum
Caesari, rebus novandis studebat, consiliorum Pompei minime
ignarus. Quae cum ita essent, bellum civile imminere constabat,
neque aliter iudicari posse utri summa potestas deferenda esset.

The Outbreak of the Great Civil War.

93.—Itaque Caesar literis ad senatum missis poposcit ut aut
ipse Pompeiusque magistratu simul se abdicarent aut ut sibi consulatum petere liceret absenti, nolle enim sese Romam venire
nisi eadem sibi quae Pompeio auctoritas concessa esset. Re-
nuentibus patribus duo e tribunis plebis ubi Caesaris caussam
frustra susceperunt, relicta urbe ad Caesaris castra se recepere.
Is autem occasionem tandem nactus fines Italiae traiecit, se
tribunos homines sacrosanctos contra patres iuvare velle professus. Qua re cognita Pompeius ei resisti non posse ratus

in Graeciam se contulit. Caesar autem cum sexaginta diebus totam Italiam suae ditionis fecisset in Hispaniam summa celeritate profectus est. Inde victis Pompei ducibus in urbem regressus animos civium, qua erat humanitate, brevi sibi conciliavit.

Defeat and Death of Pompeius.

94.—Caesar ineunte vere in Graeciam traiecit. Diu cum ancipiti Marte hostiles exercitus dimicassent, in planitie satis magna ad Pharsalum, id vico nomen fuit, acies conserta. Eximia utrinque virtute pugnatum est. Caesar tandem ubi suis imperavit ut ora hostium gladiis peterent, tantum terrorem hostibus iniecit ut in fugam se reciperent. Pompeius actum esse de exercitu suo ratus in navem escendit. Haud ita multo post in Aegypto a sicariis interfectus est. Eum Caesar in Aegyptum secutus, cum caput cruentum deformatumque vidisset, valde flevisse dicitur. Neque victoria abusus summa humanitate erga victos fuit, minime ignarus ita modo stabilitum iri novam potestatem si palam fecisset se cum iure tum clementia rem administrare velle.

Caesar's last Exploits.

95.—In Aegypto autem id temporis pro imperio certabant Ptolemaeus mortui regis filius et soror eius Cleopatra. Quam ubi adiuvare Caesar constituit bellum Ptolemaeo indixit. Is in acie victus in Nilo flumine periit, inventumque est corpus eius cum lorica aurea. Tum Caesar Alexandria potitus regnum Cleopatrae dedit. Inde ubi in Asiam traiecit rebellibus fusis fugatisque Romam ad senatum rescripsit talia : veni, vidi, vici. Quibus rebus gestis Romam reversus est, neque diu quiete frui potuit, in Africa conscriptas esse copias ab iis qui Pompei partibus faverent certior factus. Quo ubi perventum est conserto

ad Thapsum proelio Pompeianos devicit. Inde in Hispaniam contendere coactus est. Ibi de filiis Pompei qui magnas copias
conscripserant victoriam apud Mundam reportavit.

Caesar as Dictator.

96.—Pacato denique orbe terrarum Caesar ad urbem rediit.
Eum patres dictatorem creatum summis honoribus cumulavere.
Caesar autem rex fieri cupiens rebus novandis studere, cum a
patribus rem minime administrari posse arbitraretur, idem parum
magistratibus a plebe tam corrupta tamque venali creatis confideret. Quod consilium uti praestare posset, in civitatem
accipere provinciales, patres nonnisi pro consiliariis haberi voluit.
Sed in fatis erat ut si quis rex fieri vellet is magno in discrimine
versaretur. Neque Caesar ipse tantum sibi honorem statim
arrogare audebat, gnarus cives Tarquiniorum nondum oblitos esse.
Itaque nondum maturato opus esse ratus, cives sibi conciliare
memoriamque tot infortuniorum delere constituit.

Murder of Caesar.

97.—Interim cum multos cives tot tantarumque mutationum
poenitere coepisset, neque deessent qui Caesarem odissent, con-
iuratio clam inita est, auctoribus M. Iunio Bruto, C. Cassio
Longino. Ii rempublicam incolumem praestare debere rati, neque
fas esse ut unus vir omnibus civibus imperitaret, dictatorem
strictis pugionibus dum in curiam init adorti sunt : vita ei
extemplo erepta. Reputantibus quidem quanta fuerit virtute,
quoties hostes vicerit, quam bene rempublicam administraverit,
quae denique inter tot labores scripserit, non solum aequalibus,
sed etiam omnibus cuiuslibet aetatis ducibus praestitisse
videbitur. Erat sane vir magna et praeclara indole praeditus,
et, quamvis gloriae nimium appetens fuerit, patriae multum
profuit.

Caesar's Heir.

98.—Mortuo Caesare tantus luctus omnes fere ordines invasit ut quanto opere desideraretur Caesar plane constaret. Neque Bruto et Cassio eventus rerum ex sententia fuit, cum per tredecim annos discordia civilis ac tumultus in urbe crudescerent. Heredem Caesar instituerat C. Octavium sororis filia genitum, cum proles deficeret. Is iam tum duodeviginti annos natus in Graecia commorabatur, mos enim fuit ut iuvenes Romani urbes Graecas adirent ubi philosophos disserentes audirent. Qui ubi certior factus est quid accidisset Romam reversus est. Inde mutato nomine usus, cum agnomina ei data essent, Caius Iulius Caesar Octavianus appellatus est.

M. Antonius.

99.—Mortuo Caesare M. Antonius qui ex eius ducibus erat adeo populum concitavit, ut Brutus et Cassius cum ceteris coniuratoribus, veriti ne poenas darent, ex urbe excederent. Tum veterani Caesaris cum Antonium adiissent oraverunt ut sibi mortem ducis tam dilecti tamque expertae bonitatis ulcisci liceret. Quorum precibus haud invitus obtemperavit Antonius, se hoc modo reipublicae praeesse posse ratus. Quod ubi cognitum Octaviano, qui tum forte aberat, Romam redit. Inde paullatim vires ei accrescere, adiunctis multis e Caesaris veteranis, multorum simul civium favore conciliato. Neque ita multo post cum patres bellum Antonio indixissent, eos quantum potuit adiuvit. Acie ad Mutinam conserta victus est Antonius magno detrimento; neque ea victoria incruenta fuit, duobus consulibus cum multis militibus interfectis.

The Second Triumvirate.

100.—Inde Octavianus consul factus cum adversus tot hostes pugnare nollet, pace cum Antonio facta, societatem cum eodem init, cui societati tertium ascripsit M. Lepidum, qui et ipse magnis praeerat copiis. Tum, id quod antea fecerat Sulla, in inimicos saeviri coeptum : multi et clari viri interfecti sunt et inter alios M. Tullius Cicero qui in M. Antonium orationem habuit. Quibus rebus gestis bellum Bruto et Cassio qui magnas in Macedonia copias conscripserant, indictum est. Quibus proelio ad Philippos commisso victis, Cassius sibi mortem conscivit, neque ita multo post Brutus, ad eundem vicum iterum victus, sua manu pugione confossus periit.

Octavianus Master of Italy.

101.—Tum inter tres viros convenit ut Antonius Asiae, Octavianus Italiae, Galliae, Hispaniae, Lepidus Africae imperitaret. Itaque Antonius in Asiam profectus, ubi aliquamdiu in Aegypto apud Cleopatram commoratus est, amore captus illam in matrimonium duxit. Multae et graves difficultates Octaviano obiiciebantur, adversus quem Sextus Pompeius Magni filius pugnaret. Is cum magnae classi praeesset mare infestum reddiderat commeatusque intercipiebat, qua ex re verebatur Octavianus ne inopia cives laborarent. Et M. Lepidus se Sexto socium adiunxit cum nimia videretur Octaviani potestas. Hunc tandem victum imperio exuit Octavianus, Sextum in Asiam fugere deleta classe coegit, ubi ab Antonio interfectus est.

The End of Antonius.

102.—Interim Antonius moribus Asiae assuefactus Romanis odio esse coepit. Mox ei cum Octaviano simultates intercedere, cuius potestas nimia videretur, neque enim eum fefellit haud fieri posse ut uterque summo imperio potiretur. An id aequum esse ut alter favorem plebis domi conciliaret, alterius potestas in dies diminueretur ? Brevi sese pro regulo Asiatico habitum iri

nisi crescentem illius intolerandamque arrogantiam refrenare
posset. Itaque bellum anno ante Christum natum trigesimo
primo indictum est. Ad Actium navali proelio atrociter pugnatum : victus Antonius in Aegyptum se contulit. Inde certior
factus Cleopatram morsu serpentis, quem ipsa suo brachio im-
posuisset, interemptam esse, mortem sibi conscivit. Itaque
cum nusquam Octaviano par superesset, summa rerum penes
eundem fuit.

PART II.

HISTORY OF GREECE

TO THE MACEDONIAN SUPREMACY.

The different Nations of Greece.

103.—Graeciam incolebant multae gentes quae quamvis eadem lingua, eadem fere vitae ratione uterentur, plerumque inter se dissentiebant. Cuius rei caussa videtur esse quod in complures partes tota Graecia montibus dividebatur. Ita fit ut, si quis res a Graecis gestas intelligere velit, is civitatum multarum facta animadvertere cogatur. Et propter eandem caussam videbimus summam potestatem penes plures gentes diversis temporibus fuisse. Itaque Athenienses, Lacedaemonii, Thebani, Macedones, alii post alios summo imperio potiti, a potentioribus invicem devicti victoribus servire coacti sunt. Graeciam tandem, tot bellis intestinis dilaniatam, Romani suae ditionis fecerunt et in formam provinciae redegerunt.

The Greek Colonies in Asia Minor.

104.—Graeci in Asiam colonos antiquitus miserant et magnam partem orae maritimae obtinebant. Hae coloniae adeo

D

opibus et potentia creverunt ut ipsius Graeciae urbibus antecellerent. Bellum tandem iis indictum est a Croeso, Lydiae
rege, qui tot tamque potentes urbes suae ditionis facere enixe
cupiebat. Qui cum fortior videbatur quam cui resisti posset,
Graeci coloni in deditionem brevi venerunt. Neque iis magnopere a Croeso nocitum est, qui modico tributo imposito, ut sibi
parerent suoque imperio contenti essent imperavit. Regem
tantum orae maritimae fieri velle sese, neque irasci iis quod suas
res defendere conati essent. Si sibi parerent, aequo se in eos
iure et imperio usurum. Itaque Iones, ita enim vocabantur,
quod Ionibus Graecorum gente oriundi erant, cum mandatis
paruissent, favente Croeso, ditiores fiebant.

The Medes.

105.—Sed iamdudum crescebat Medorum potestas, qui mon-
tanas regiones ultra Euphratem fluvium obtinebant, subiectis
finitimis et inter alios Persis. Cum ferro et igne vastassent Asiam,
quam nunc Asiam Minorem nuncupamus, ad Croesi fines tandem
perventum est. Is consilii hostium minime ignarus, copiis quam
celerrime conscriptis, adversus eos profectus est. Sed directa
utrinque acie cum milites signum pugnae exspectarent, extemplo
sol defecit. Quod portentum religioni vertentes cum milites pugnare nollent, foedus ea condicione ictum est ut flumen Halys inter
Lydios Medosque finis esset. Itaque metu externae incursionis
sublato, eodem quo antea statu Iones manebant, cum si quid cladis
bello adversus Croesum accepissent, id brevi compensassent.

The Persians.

106.—Mox autem Persae, qui diu Medis paruerant, auctore
Cyro ab iis defecerunt. Inde acie ad Pasargadas conserta Cyrus
Medos fudit fugavitque, imperioque eorum potitus est. Quod

ubi cognitum est, Croesus cum rege Babyloniae societatem iniit,
veritus ne et ipse a Cyro vinceretur nisi auxilio sociorum con-
firmatus esset.   Idem oratores Delphos ad oraculum misit
sciscitatum num bellum Cyro indici oporteret.   Cui cum ambigue
responsum esset, Croesus Persis obviam ivit.   Cum incerto
eventu pugnatum esset Croesus Sardes se contulit, ibidem cum
Cyro iterum pugnaturus.   Is autem nulla interposita mora
Sardes recta pergit Croesumque commisso proelio vicit.   Quibus
rebus gestis Iones dimicare constituerunt, minime ignari Cyrum
recens parta victoria non fore contentum, neque multum abesse
quin et ipsi eadem pericula quae Croesus subirent.

The Subjugation of the Ionian Greeks.

107.—Neque unquam Iones tantis se periculis quanta tantum
non insistere videbant, se opposuere, quamvis tam atrociter
adversus Croesum nuper dimicatum esset.   Neque eventus spem
fefellit: nam brevi bellum indictum est.   Aliquamdiu Persis
resistebatur donec Persae coactis undique copiis totam Ioniam
populati singulas urbes aut vi expugnant, aut obsidione in deditionem venire cogunt.   Inde multi ex Ionibus actum esse rati
cum domo cessissent novasque sibi sedes quaerere constituissent,
naves conscendunt: alii in Italiam transvecti, alii in Thraciam
urbes condiderunt.   Multi autem domo cedere nolebant rati
sibi a Cyro, qua esset humanitate, parsum iri.   Itaque Cyrus
obsidibus imperatis, praesidioque satis firmo in Ionia relicto,
Babylona contendit, eandemque dolo cepit.   Mortuo Cyro Cam-
byses successit: idem Aegypto potitus est.

Darius.

108.—Mortuo Cambyse, cum nullam masculam stirpem reli-
quisset, in eius locum Darius dux sapientissimus bellique peri-

tissimus delectus est. Imperium in viginti provincias divisum magistratibus, qui satrapes vocabantur, demandavit, agros accurate dimensus ut stipendium singulis magistratibus imperaret. Idem Susa caput regni ubi constituit vias inde passim munivit, quo et facilius copiae regiae contendere possent, sicubi opus esset, mercatoresque negotiandi caussa omnes urbes vicosque adirent. Id etiam sibi praecavendum constituit ne quando Iones rebellarent, penes quos esset quicquid navium haberet. Itaque singulis Ioniae urbibus tyrannum praefecit, quem auxiliis opibusque instruxit, auctoritatis suae stabiliendae caussa.

The Expedition against the Scythians.

109.—Rebus ita domi compositis, Darius tyrannis imperavit ut classem sexcentarum navium ornarent pontemque in flumine Istro struerent. Ipse Bosporum ubi traiecit ad Istrum cum pedestribus copiis contendit. Inde edicto tyrannis ut pontem per duos menses custodirent exercitum adversus Scythas duxit. Die constituto cum nusquam compareret quisquam ex exercitu, tyranni certiores facti sunt regis copias in deserta longius provectas fame et siti laborare neque multum abesse quin ad unum omnes interficerentur. Quibus nuntiis allatis Miltiades quidam e tyrannis auctor fuit pontis interrumpendi: ita enim deletum in Persas, iugumque peregrinum excussum iri. At Histiaeus Milesiorum tyrannus Miltiadi parendum esse negavit; mortuo enim Dario tyrannos ex urbibus pulsum iri. Quam sententiam ubi comprobarunt tyranni, pontemque interrumpere noluerunt, Dario cum exercitu regredi licuit.

The Persians established in Europe.

110.—Tum Darius in Asiam rediit, Mardonio cum magnis copiis in Thracia relicto. Is cum Thracas devicisset, legatos ad

Amyntam, Macedonum regem misit, qui terram et aquam ab eo
expeterent. Amyntas vero fortiorem Mardonium quam cui
resisti posset ratus, facere sese velle quicquid imperatum esset
professus est. Tum Histiaeo praemium servati pontis Myrcinum
Thraciae regionem fertilissimam rex donavit. Is autem cum
Miletum Myrcinumque obtineret rebus novandis studere coepit.
Qua de re certior factus Mardonius ad Darium rescripsit quaeque Histiaeus in animo haberet docuit. Itaque Darius sub
speciem amicitiae arcessitum Histiaeum Susa secum duxit,
Aristagoramque Histiaei generum tyrannum Milesiorum eius vice
constituit, negabat enim se sine amico vivere posse, qui tam bene
de se meritus esset.

The Ionian Revolt.

111.—Interim Aristagorae oblata est occasio qua se suam
potestatem aucturum esse speravit. Nam primores Naxii a plebe
expulsi legatos miserunt ut sibi subveniret orantes. Aristagoras
autem cum hoc per se ipsum facere nequiret, Artapherni persuasit ut una expeditionem adversus Naxios susciperent, ita enim
Naxum aliasque insulas in Persarum potestatem redactum iri.
Sed simultatibus Aristagorae cum duce Persarum intercedentibus
parum prospere res evenit. Tum Aristagoras iram Artaphernis
veritus, suadente simul Histiaeo ut a Persis descisceret, consilio
Milesiorum convocato, se diutius tyrannum fore negavit : proinde
Persarum iugum excuterent. Itaque auctore Aristagora tyranni
ex urbibus expulsi bellumque Persis indictum est.

The Athenians assist the Insurgents.

112.—Aristagoras autem gnarus quanta esset potestas regis,
in Graeciam ipse profectus auxilium in re tam desperata flagi-
tavit. Cum Spartanos frustra temptavisset, Athenienses viginti

naves statim miserunt. Et Eretrienses quinque paraverunt ubi
percrebuit Athenienses, qui plurimum id temporis mari poterant,
Aristagorae subvenire constituisse. Itaque Graeci trans mare
Ionium vecti cum se cum rebellibus coniunxissent, Sardes urbem
opulentissimam ex improviso adorti igne concremaverunt. Artaphernes autem coactis undique copiis in Graecos, dum ad litus
redeunt, impetum fecit. Aliquamdiu cum Graeci restitissent,
victor tandem Persa evasit. Fit strages fugientium : quod superfuit vix ad naves se recepit.

The Battle of Lade.

113.—Cum aliquamdiu atrociter pugnatum esset, Persae
magnis conscriptis copiis classe etiam ingenti comparata Miletum
caput coniurationis terra marique obsederunt. Tum Iones spem
unicam esse rati si quoquo modo Persarum classem possent
vincere, naves ad Laden insulam instruxerunt, ultima pro salute
experturi. Sed cum pugna differretur Iones morae poenitere
coepit. Itaque navibus relictis in terram descendunt neque
ullam disciplinae aut rei militaris rationem adhibent. Dato
tandem pugnae signo in naves ascendunt. Prius autem quam
ulla vis inferretur, nonnulli e sociis ubi in fugam se receperunt,
tantum pavoris Ionibus incutiunt ut iam se pro victis haberent.
Devicta Ionum classe et capta Mileto in incolas saevitum est.
Eo tandem miseriae perventum est ut barbaros cladis taederet,
Ionibusque sero demum parceretur, omni nocendi facultate
adempta.

The First Expedition against Greece.

114.—Neque tamen ea clades Dario satisfecit, qui Athenienses
Eretriensesque punire volebat quod Sardes igne concremaverunt.
Itaque ducibus suis imperavit ut quam primum possent expedi-
tionem adversus Graecos susciperent. Biennio igitur post cap-

tam Miletum magnae Persarum copiae Hellespontum Mardonio duce ubi traiecerunt, in Graeciam contendunt, praefectis navium negotio dato ut iuxta litus pedestres copias comitarentur. Neque ea res prospere evenit, classis enim coorta tempestate tantum detrimenti accepit ut ab incepto desistere cogeretur. Mardonius etiam per montes suos ducere conatus impetu a Thracibus facto magnaque clade accepta, certior necnon factus quid navibus accidisset, exercitum in Asiam reducere constituit.

The Second Expedition against Greece.

115.—Ceterum tantum abfuit ut Darius incepto desisteret, ut novis copiis conscriptis, legatos ad insulas mitteret qui terram aquamque exposcerent, qua re se Persis parere significarent. Haud ita multo post regis copiae Aegeum mare transvectae, cum de Eretriensibus poenas sumpsissent, in litus ad Marathona, id nomen erat vico, escenderunt. Tum Athenienses cum parva manu Plataeensium, Miltiade duce, in Persas impetum faciunt. Neque irruentibus vehementer resistebatur : fusi Persae fugatique sunt. Fit strages fugientium, quorum ad sex milia interfectos esse satis constat, quamvis Athenienses ad ducentos modo amiserint. Itaque Athenienses libertatem Graeciae praestiterunt. Neque dubia res est quin hoc proelium impedimento fuerit ne tota Europa penes Asiaticos fieret : quod si fuisset, haud scio an hodie servi barbarique simus.

The End of Miltiades.

116.—Miltiades autem qui patriam suam tam praeclare serva-verat miserrimum vitae exitum habuit. Nam cum tamdiu peregre vixisset, tyrannide idem potitus esset, eadem vitae ratione Athenis uti conabatur. Itaque Pariis ob aliquam caussam infensus, cum civibus persuasisset ut classi praeficeretur neque dixisset quid in animo haberet, Parios vi et armis aggressus est. Sed cum aliquamdiu urbem eorum frustra oppugnavisset, dolo uti constituit conciliata fani sacerdote. Quam noctu clam adire conatus pavore subito correptus de muro desilit femurque vulnerat. Inde spe urbis capiendae deiectus Athenas ubi re infecta rediit, quod cives decepisset accusatus est. Narrant auctores eum cum multam solvere non potuisset, corrupto femore in carcere mortuum esse.

The Policy of Themistocles.

117.—Inter Athenienses id temporis praecipue eminebat Themistocles, ut erat providus et in ancipiti re consilii plenus: idem si quid fieri vellet nulla difficultate impediebatur quin rem ex sententia exsequi posset. Itaque dum ceteri gaudent quod Persae in fugam se receperant, regem alteram expeditionem brevi missurum ratus, id sibi praecavendum esse existimavit ne Athenae iterum caperentur. Reputanti igitur quanta fuisset Ionum potestas, quot urbes essent maritimae insulaeque quae classe valida in officio contineri possent, vim navalem comparare visum est. Idem sperabat summam imperii brevi apud Athenienses fore ; melius Persis, si rursus in Graeciam expeditionem susciperent, mari quam terra resisti posse.

The Rise of the Athenian Power.

118.—Cui consilio cum nonnulli ex optimatibus adversarentur, Persasque reversuros negarent, Themistocles sub speciem mutandi consilii civibus suasit ut classem ornarent adversus Aeginetas, quibus cum Atheniensibus continua fere bella intercedebant. Itaque auctore Themistocle ducentae triremes paratae. Is autem gnarus classem tam celeriter comparatam brevi inutilem fore nisi idoneus nautarum numerus praesto esset, munito ad

Piraeum portu, civibus persuasit ut et alias naves mercandi caussa compararent. Docebat etiam quantas opes Iones, gens eadem qua ipsi Athenienses stirpe oriunda, assecuti essent : si suo consilio uti vellent, Athenas reliquis Graeciae urbibus antecellere posse. Quod consilium civibus utile visum est, et intra decem annos classis Atheniensium potentissima fuit.

Aristides.

119.—Inter optimates Themistocli praecipue adversabatur Aristides, Persas terra victos iterum terra vinci posse fremens. Qui ad Marathona pugnavissent eos praedia obtinere, neque unquam patriae veterisque disciplinae fore immemores. Comparata classe nautis opus fore, qui praedia nulla, nullas opes obtinerent. Quod si Athenienses classe potissimum valerent, imperium penes eos fore qui in navibus stipendia fecissent. Mutatis legibus, mutata vitae ratione, futurum esse ut novi cives rebus novandis studeant. Ecquem posse dubitare quin boni mores, Deorum immortalium cura, pristinum militiae decus, essent interitura si tam pravo consilio parendum esset ? Haec et eius modi alia concionatus quantum potuit Themistocli restitit. Itaque cum appareret fore ut seditio intestina exardesceret, ni simultatibus modus impositus esset, ad populum provocatur : Aristide in exsilium abire iusso Themistocli sua consilia exsequi licuit.

The Third Expedition against Greece.

120.—Mortuo Dario, Xerxes qui in regnum successit, magnis copiis conscriptis bellum Graecis inferre statuit. Neque immemor quas quantasque clades accepissent exercitus patris, Hellespontum ponte iunxit, magnos commeatus comparavit, per montem Athon canalem effodiendum curavit, ne iterum classis circuitum tam periculosum facere cogeretur. Quae cum facta essent, copiis ut in Cappadociam convenirent edixit. Eodem igitur, ut narrant auctores, copiae, quas quadraginta sex gentes miserant, convenere. Numerum ad decies centena milia fuisse satis constat. Ilos Xerxes Sardes in hiberna deduxit, in Graeciam anno insequenti traducturus. Ineunte vere rex imperavit ut per pontem traiicerent Hellespontum. Itaque cum septem continuos dies totidemque noctes. iter fecissent, regi tandem nuntiatum est omnes copias in Thraciam incolumes pervenisse.

The Resolve of the Greeks.

121.—Interim Lacedaemonii et Athenienses, quid sibi con- stituisset Xerxes certiores facti, civitatum reliquarum primores ad Isthmum convocatos docent quanto in periculo res sit: maturato opus esse ne Persae necopinantes aggrederentur. Itaque oratores ad colonias confestim missi opem in re tam desperata petitum. Qui ubi re infecta redierunt renuntiant Gelonem tyrannum Syracusanorum ea modo condicione auxilia mittere velle ut ipse sociis praeesset: Cretenses opem denegasse: Corcyraeos classem sane promisisse : verendum tandem esse ut promissa servarent. Qua spe deiecti socii, domi etiam auxilium pluribus civitatibus propter veteres simultates denegantibus, nihilominus pro patria fortiter dimicare constituunt. Itaque se iureiurando adigunt, ad ultimum dimicaturos sese : si periculo liberati forent, bellum proditoribus illaturos, decimam praedae partem Apollini dedicaturos.

Plans for the Defence of Greece.

122.—Deliberantibus inde quo modo patriam defendi oporteret, cum tantae hostium multitudini resistere in acie nequirent, in angustiis montium dimicare visum : ita enim decem milia hominum decies centenis milibus pares fore. Itaque exercitus

Tempe missus est. Quo ubi perventum est, ratione locorum habita, minime duces fefellit se a Persis circumventum iri cum aliud esset iter, quod defendere non possent. Itaque quam celerrime ad Isthmum redeunt: apud Tempe resisti Persis parum posse docent, cum duo itinera per montes essent: proinde caperent consilium senes, quid faciendum esset. Quod si idoneus locus inveniri posset, minime se pugnam detrectare velle: esse enim paratos ad extrema pro patriae salute experienda.

The Result of their Deliberations.

123.—Quae cum ita essent, senibus, naturam locorum per quos iter a Persis faciendum esset percontantibus, visum est ad Thermopylas hosti resistere. Nusquam enim itinera per Thessaliam ducentia per angustias transibant: cum autem ad Thermopylas perveneris, unica via per fauces pergit, quo in loco brevissimum inter montes et mare intercedit intervallum. Itaque Leonidas rex Spartanorum cum exercitu angustias occupat, dato simul negotio ducibus qui classi praeerant, uti quod maris inter Euboeam et continentem intercederet navibus obtinerent, ne classe Persarum praetervecta copiae exponerentur et in Graecos a tergo impetus fieret. Leonidas autem semitam per montes esse certior factus, sociorum manum servare eam iussit, ipse cum reliquis copiis in angustiis adversus hostem dimicaturus.

The Battle of Thermopylae.

124.—Persae vero, ubi tandem ad angustias accessere, per quatriduum, castris in planitie positis, segnes manebant, sive cohibente metu sive Graecos sine pugna discessuros rati. Ea res potissimum iis admirationem movebat quod Spartanos se ludis gymnasticis exercentes capillosque promissos ex more pectentes animum advertebant. Quinto tandem die signo dato in Spartanos fit impetus. Cum biduo frustra pugnatum esset, tertio tandem die Xerxes de semita certior factus magnas copias mittit quae Graecos a tergo adorirentur. Quarum per silvas, quibus obsiti erant montes accessu audito, pavore eiusmodi perculsum est praesidium ut in fugam se reciperent. Quod ubi cognitum est minime Leonidam fefellit fore ut circumventus opprimeretur; cum autem leges Spartanae militem vetarent a statione recedere, dimissis ceteris cum trecentis Spartanis ad ultimum dimicare constituit. Thespienses tamen ad septingentos, quamvis sine dedecore regredi liceret, stationem deserere noluerunt. Cum aliquamdiu acerrime pugnatum esset Graeci ad unum omnes interfecti sunt.

The Battle of Artemisium.

125.—Interim duces navium Graecarum, quibus, ut supra demonstravimus, datum erat negotium ut impedirent quominus Persae classe praetervecta Leonidam a tergo adorirentur, ubi hostes appropinquare animadvertunt, subito pavore perculsi in fugam se receperunt. Euboeenses vero iram Xerxis ob incensas Sardes pertimescentes, ea condicione Themistocli triginta talentum mercedem obtulerunt, si ducibus persuadere potuisset uti in statione manerent. Is autem cum partem mercedis Eurybiadi aliisque e ducibus impertivisset, partem ipse servasset, ut Persas ultro aggrederentur Graecis persuasit. Id etiam animos confirmavit quod Persae subita procella conflictati multas naves amiserunt. Egregie utrinque ancipiti Marte pugnabatur donec renuntiatum est Spartanos ad Thermopylas interfectos esse. Quibus nuntiatis Graecae naves a statione recedunt et ad Salamina hostem exspectant.

The Destruction of Athens.

126.—Quae cum ita essent, quamvis appareret fore ut Athenae caperentur, tantum abfuit ut Spartani exercitum subsidio

Atheniensium mitterent, ut ad Isthmum segnes manerent. Tum vero Athenienses spe urbis tutandae deiecti, gnari simul regem summa celeritate contendere, relictis domibus, classe excepti in tutum se recipiunt. Xerxes autem ubi ad urbem perventum est, poenas ob incensas Sardes sumpsit. Quod civium supererat ferro trucidatur : deiectis aedibus aliis, aliis igne concrematis, ne fanis quidem templisque Deorum parsum est. Ea demum spes civibus relinquebatur, quod classis, quam auctore Themistocle confecerant, ad Salamina adhuc incolumis in ancoris se tene-bat.

Themistocles prevents the Greeks from retreating.

127.—Cum iam ad ancoras consisteret Persarum classis in sinu Phalerico, ipsi ad servandos hostium motus ad Salamina manerent, duces Graecorum dubitabant quid faciendum esset, aliis ad Isthmum recedendum uti suis in continenti auxiliarentur, aliis manendum et cum hoste decertandum conclamantibus. Quibus animadversis Themistocles gnarus ita modo pugnaturos esse Graecos si locum in quo essent obtinerent, cum iterum atque iterum concionatus ducibus Peloponnesiorum persuadere non potuisset, ad Xerxem literas clam misit quae docerent Graecos in eo esse ut in fugam se reciperent : proinde rex haerentes adoriretur. Iterum deliberantibus ducibus adfuit Aristides, quem exsulatum abire coactum memoravimus, nuntiavitque, se noctu classem hostium fefellisse : circumventam iam classem neque ullam relictam salutem nisi pugnare auderent.

The Battle of Salamis.

128.—Ut illuxit dato signo a Persis fit impetus. Quibus irruentibus is pavor ea desperatio Graecos invasit, ut acie relicta pro se quisque ad litus fugere conarentur. Spe tamen fugae dciecti et ipsi in Persas infensi irruunt. Acie inde conserta cum utrinque summa virtute pugnaretur fortuna tandem Graecis favere coepit. Mox Persis sua multitudo navium obesse, quippe propter angustias confertis explicare ordines et maiore navium numero uti non licebat. Quod ubi animadverterunt, Graecis fiducia crescere : quibus acrius insistentibus naves hostium ad ducentas mersae ; reliquae sublatis velis in fugam se recipiunt. Nox tandem proelium diremit, incerto adhuc eventu, cum fugientibus quam victoribus multo maior navium numerus superesset.

Xerxes retreats to Asia.

129.—Visa suorum strage Xerxes, quem in loco edito sedem sibi faciendam curavisse quo facilius proelium posset intueri scriptores veteres narrant, adeo metu commotus est, ut quam celerrime in Asiam se recipere constituerit, quamvis multo plures naves haberet quam ipsi victores. Itaque Mardonium cum magno exercitu in Graecia relinquit, dato negotio ut de hostibus prius poenas sumeret quam in Asiam rediret. Ipse autem veritus ne Graeci pontem in Hellesponto interrumperent, eo magnis itineribus contendit, praemissa classe ut pontem tutarentur donec rediisset. Dum iter per Thraciam facit, incolae agmen impeditum adorti magnam stragem ediderunt, permultis necnon morbo et fame absumptis. Rex tandem in Asiam reversus sero demum habuit compertum quanto pretio constitisset conatus, quantoque Persis Graeci praestarent.

Defeat of the Carthaginians by the Sicilian Greeks.

130.—Haud ita multo post nuntius a Sicilia allatus, Gelonem tyrannum Syracusiorum, qui, ut supra demonstravimus, Graecis auxiliari noluerat, nisi ipse omnibus sociorum copiis praefectus esset, Himeram oppidum Siciliae diu a Carthaginiensibus obsessam obsidione liberasse, magno ab hostibus detrimento accepto, Graecorum animos in spem laetiorem erexit. Carthaginienses autem sive Poeni, ea gens Tyro oriunda novas sibi sedes in litore Africae septentrionali antiquitus posuerat, foedere cum Persis icto una cum iis bellum Graecis inferre constituerant, infensi odio propter veteres Ionum simultates. Plurimum enim navibus pollentes nolebant suae auctoritati quidquam detrahi, aliisve licere mercatoribus quaestum facere; qua de caussa iam diu crescentibus Ionum opibus invidebant.

The Greeks take the field against Mardonius.

131.—Inde Mardonius exercitum in Thessaliam deduxit, regionem ad secure hiemandum idoneam ratus, cuius incolas in officio retinere posset. Primo vere in Atticam contendit: Athenis iterum captis quod aedium refectum erat solo aequatum. Quod ubi Spartanis cognitum, convocatis undique auxiliis, exercitus duce Pausania qui filii Leonidae nondum puberis tutor erat, quam celerrime contendit. Is, ubi in Boeotiam perventum est, exploratores praemisit qui quid ageret hostis animadverterent. A quibus cum certior factus esset castra Persarum ad Thebas, caput Boeotiae, posita esse, eo recta pergit. Inde aciem instruxit, neque tamen Persae manus conserere volebant. Undecimo tandem die Graecis, aquae inopia laborantibus pugnandi fiunt auctores ducum fortissimus quisque; Pausanias autem naturae locorum haud imperitus, gnarus etiam Persas donec ibi mansissent invictos fore, ut locum magis idoneum caperet receptui cecinit.

The Battle of Platea.

132.—Ubi illuxit Mardonius Graecos subsecutus inferri signa iussit. Ad Plateam, oppidum Boeotiae, commissum est proelium.

Clamore sublato Persae instant coniectis eminus telis. Neque tamen dimicare audebant Graeci ; moris enim erat ut priusquam manus conscrerent sacris factis exspectarent donec litatum esset. Cum vero omina mala essent Pausanias signum pugnae dare nolebat, neque multum abfuit quin Graeci desperata re in fugam se reciperent. Sacris autem iterum factis litatum est : socii confestim et ipsi clamorem tollunt, strictis gladiis rem cominus gerunt. Fusus hostis fugatusque est : captis quoque castris victor Pausanias potitus decimam dis vovit, reliquam praedae partem sociis divisit. Fit caedes fugientium, neque finis sequendi fuit donec Persae ad unum omnes caesi captive sunt.

Ionia delivered from the Persian Yoke.

133.—Reputantibus autem quo Graeci modo ex re tam ancipiti victores evaserint, videbitur deos immortales Graecis favisse. Et velut Xerxes nondum satis detrimenti accepisset, forte accidit ut eodem die quo Mardonium vicit Pausanias, proelio navali simul et terrestri ad Mycalen, quod oppidum haud procul distat a Mileto, Persae iterum vincerentur. Nam cum Persae in Asiam rediissent sequenti Graecorum classe, dux Persarum pugnare nolens, navibus in aridum subductis expositos suos cum terrestribus copiis, quae auxilio advenerant, coniunxit. Instant nihilominus Graeci ; victis hostibus classem igne concremant. Ea victoria debellatum est, neque rex diutius Ionibus imperitare audebat. Itaque Ioniae urbes tot annos bello et caedibus lacessitae ubi aliquando requieverunt, brevi amissas opes pristinamque potentiam recuperarunt.

Why Greece was able to repel the Invader.

134.—Id fortasse quaeret quispiam, quo pacto Graeci Persis resistere potuerint. Attentius autem consideranti liquebit eius rei laudes Atheniensibus potissimum esse deferendas, qui strenue rem gerentes Spartanos aliosque e sociis concitaverint ut salutem patriae omnibus rebus proponerent et ad ultimum depugnarent. Id quoque animadvertere libet quod propter socordiam aliorum, aliorum perfidiam haud multum abfuit quin Graecia tota in ditionem Persis veniret. Erant enim in omni fere civitate qui Persis faverent et pietatis erga patriam immemores libertate privari vellent dummodo de inimicis suis poenas possent sumere. Ceterum devictis Persis gratiae communi consensu Atheniensibus actae sunt quod patriam servassent; neque enim homines fefellit per Athenienses stetisse quominus deditio turpissima fieret.

Themistocles fortifies Athens.

135.—Atheniensibus inde domum reversis Themistocles auctor fuit moenium maiori circuitu aedificandorum ; ita enim, si forte bellum incidisset, eos qui ruri habitarent receptum habere posse. Sed tantum Athenis invidebant civitates finitimae et praecipue Spartani, ut Atheniensibus denuntiaretur ne moenia reficerent ; fieri enim posse ut Persa Athenis rursus potitus ex urbe inde munita fines vicinorum vastaret. Themistocles autem quid molirentur inimici minime ignarus, cum dolo Spartanos decepisset negaretque refici moenia, tanto studio opus efficiendum curavit ut prius quam scirent Spartani quid ageretur, in eam altitudinem creverint moenia ut defendi possent. Elusis igitur Spartanis neque urbem oppugnare audentibus moenia ingenti civium laetitia refecta : Piraeus necnon valido muro communitus est.

Byzantium.

136. Quamvis apud Mycalen debellatum esset Ionesque liberi evasissent, Persae nonnullos locos in utraque continenti obtinebant et in his Byzantium, oppidum ditissimum, natura quoque

E

et opere egregie munitum. Neque autem Graecos fefellit Persas,
nisi iis abreptum esset Byzantium, missa classe cum navibus
Graecorum nocere posse, tum expeditionem in ipsam Graeciam
rursus suscipere. Itaque socii Pausania duce Byzantium diu
obsessum in deditionem acceperunt. Id autem operae est animum
advertere, summum imperium eatenus penes Spartanos fuisse,
quamvis per Athenienses stetisset quominus Graecia a Persis in
provinciae formam redacta esset. Neque id Athenienses aegre
ferebant, cum Graeciae prodesse quam voluntati suae satisfacere
mallent.

The Treachery of Pausanias.

137.—Sed Pausanias, certior factus quanto opere Persae opibus
ceteris gentibus praestarent, ipse rex fieri cupiens, literas ad
Xerxem misit, velle se filiam regis in matrimonium ducere et
Graeciam Persis tradere. Idem priscae Spartanorum disciplinae
immemor regali fere luxu uti, satellitibus stipari Persis, iniurias
Graecis inferre, velut iam gener regis factus esset. Quod ubi
Spartanis cognitum, Pausanias domum arcessitus proditionis
accusatur, neque ita multo post in fano, quo se receperat, fame
exstinctus est. Interim Iones iniurias fastumque Pausaniae
aegerrime ferentes, ut duces Atheniensium classi praeficerentur
flagitant. Itaque cum dux alius a Spartanis missus ad classem
pervenisset, eidem parere nolebant Iones : aiebant etiam poenitere
se quod Spartanis tamdiu paruissent.

The Spartan and Athenian Leagues.

138.—Duae inde societates factae, quarum alteri praeerant
Spartani, alteri Athenienses. Neque eadem sibi proponebant
qui his societatibus se adiunxerant ; Spartani enim terra prae-
pollentes gentes Peloponnesiacas, et si qua alia civitas propter
inopiam navium aut simultatis caussa Atheniensibus diffideret,

sibi adsciverunt, ut hostibus, si qui forent, pedestribus copiis resisterent: cum Atheniensibus autem se coniunxerunt Iones nonnullique ex iis qui insulas in Aegeo mari Thraciaeque urbes incolebant, eo consilio uti Persae Aegeo mari abstinere cogerentur. Cuius societatis legatis in insulam Delon convocatis placuit ut quotannis quaeque societas certum navium numerum paratum haberet, aut pro navibus certum argenti pondus penderet; quotannis etiam legatos in templum Apollinis convenire visum ibidemque pecunias servari.

The Results of the Confederacy of Delos.

139.—Cum autem liceret pecunias pro navibus pendere, paullatim nonnullas e minoribus civitatibus militiae poenitere coepit: itaque data pecunia militia vacabant; quae res sub speciem utilitatis magnopere iis nocebat. Nam Athenienses tota classe brevi potiti sociis imperitare potuerunt. Itaque aliquot post annis pecuniae quas socii conferebant Athenis servari coeptae, neque quicquam potestatis sociis superfuit. Interim bellum Persis inferri, prospere rem gerentibus sociis, qui Cimone duce insignem de hostibus victoriam ad flumen Eurymedontem reportarunt, deleta Persarum classe pedestribusque copiis magna cum strage fusis.

Banishment of Themistocles.

140.—Iam supra demonstravimus Pausaniam capitis damnatum esse quod patriam prodere voluisset. Quaestione autem habita Themistoclem etiam consiliorum Pausaniae conscium esse apparuit. Is vero gnarus fore ut proditionis reus fieret, cum in fugam se recepisset, et e multis periculis evasisset, Susa tandem. Persiae caput, se contulit. Deinde cum ad Artaxerxem, qui patri suo Xerxi nuperrime successit, literas misisset dixissetque se qui tantum Persis nocuisset, iisdem multum prodesse posse, benigne a rege exceptus est. Sperabant enim Persae se auxilio Themistoclis usos Graecos subigere posse, nam per Themistoclem stetisse constabat quominus Xerxes de Graecis poenas sumere potuisset. Neque autem promissa praestare Themistocli licuit, qui morbo decessit re infecta.

Reforms introduced by the Conservatives at Athens.

141.—Sub id tempus cives Athenienses, metu Persarum liberati, memores simul quo modo pauperes idem quod divites periculum adiissent, rebus novandis studere. Iam ubique audiri in foro et in aedibus privatis voces flagitantium, qui periculi participes fuissent, iis praemiorum commodorumque partem concedendam esse. An id aequum videri summam potestatem penes divites esse, nonnisi vulnerum et caedis partem plebi dari ? Qua re animadversa Aristides, qui primoribus praeerat, leges mutandas esse ratus, ne qua seditione primores sua potestate exuerentur, ipse legem tulit, qua vel pauperi cuilibet e plebe magistratus liceret obire. Mortuo Aristide optimatibus praeerat Cimon filius Miltiadis, dux egregius idem vir optima indole praeditus, qui foederis cum Spartanis faciendi auctor fuit, et belli adversus Persas una gerendi.

Pericles and the Liberal Policy.

142.—Pericles vero id temporis, vir nobili stirpe oriundus, qui popularium partibus praeerat, cum tanta facta esset mutatio morum rationisque vivendi, mutari etiam debere civium consilia existimabat. Id etiam formidolosissimum videbatur quod Cimon optimatesque foedus cum Spartanis faciendum suadebant, amicitiaeque sempiternae auctores fiebant. Neque ignarus Pericles fore ut aliquando cum Spartanis de imperio decertandum esset, in naves armandas opesque comparandas totus incubuit, ne necopinantes casus aliquis Athenienses opprimeret. Idem humillimum quemque e plebe docendum ut suum quisque munus praestare posset, aiebat: optimatibus in primis diffidere sese, qui privilegia opesque patriae commodo anteponerent, amoremque Spartanorum nonnisi ideo conciliarent ut cives in officio ac servitudine tenerent. Ecquem id malle, ut spreta civium voluntate pauci e primoribus, suum quisque commodum secuti, civibus imperitarent ?

Pericles in power.

143.—Haec et eiusmodi alia concionatus cives in suam sententiam traxit. Ita sollicitatis hominum mentibus, nuntii Sparta missi adeunt docentque Helotas defecisse. Auxilium in tanto rerum discrimine orant. Itaque auctore Cimone copiae subsidio Spartanis missae, quas haud ita multo post Ephori contumeliose dimiserunt. Qua iniuria exulcerante animos, Athenienses rupto cum Spartanis foedere, cum Argivis, ea gens Spartanis inimicissima erat, societatem ineunt. Inde in Cimonem, tanti dedecoris auctorem, ira civium verti. Is, frustra repugnantibus amicis, in exsilium abire coactus est. Tum Pericles idoneam occasionem nactus multum potestatis optimatibus exuit, iubente legem populo ut civi cuique liceret suffragium ferre, et partem administrandae reipublicae sibi vindicare.

Wars at Home and Abroad.

144.—Dum haec geruntur bellum Persicum crudescebat ; tantum enim aberat ut Athenienses propter recens partas victorias laeti manerent domi, ut in Aegyptum copias mitterent quae Persis ultro vim inferrent. Verebantur tamen ut fines suos tutari possent, si a Peloponnesiis impetus fieret ; itaque cum Megarensibus foedus ictum, quod Peloponnesiis ita optime resisti posse videbatur, si montes ad Megaram firmo praesidio obtinuissent. Id Aeginetae et Corinthienses moleste ferentes, bello Athenis indicto, in Megarensium fines incursionem faciunt. Megarensibus in re tam desperata opem flagitantibus copiae subsidio missae hostem magno detrimento fundunt fugantque; proelio quoque navali classis Atheniensium victoriam insignem de Aeginetis reportavit.

The Treachery of the Thebans.

145.—Mox optimates Thebani, qui crescenti Atheniensium potestati invidebant, veriti simul ne et ipsi eodem modo quo primores Atheniensium imperio exuerentur, a Spartanis impetraverunt ut exercitus subsidio sibi mitteretur, sub speciem auctoritatis optimatium in Boeotiae urbibus confirmandae. Clam etiam consentiebant inter se Thebani Spartanique, ut Atheniensibus ex improviso oppressis, trucidatisque qui plebi praeessent, summa imperii rursus penes optimates esset. Qua coniuratione patefacta Spartanis ad Tanagram Boeotiae oppidum obviam fiunt Athenienses. Quo proelio quamvis Athenienses victi essent, Spartani non audebant Athenas oppugnare. Inde Athenienses incursione in Boeotiam facta, victisque Thebanis, optimates expellunt, summam potestatem plebi deferunt. Neque ita multo post Aeginetae proelio navali devicti, datis obsidibus, stipendio insuper imposito pacem impetravere.

The Long Walls.

146.—Inde duo muri aedificari coepti, qui portum, cui nomen Piraeo erat, cum urbe coniungerent. Cui operi tanto studio incubuerunt cives, veriti ne ab hoste prius fieret impetus quam muri aedificari possent, ut opinione celerius opus effectum sit. Inde Atheniensibus crescere fiducia gnaris minime fieri posse ut inopia cibariorum in deditionem venire cogerentur donec classis superesset : frumentum enim peregre emptum et navibus domum portatum ex portu in urbem inferri posse. Ceterum Spartanos Athenienscsque pugnandi taedere coepit ; induciae igitur in quinquennium factae sunt. Iam adeo creverant Atheniensium opes et potentia, ut nihil infectum esse videretur, quibus praesto esset infinita vis navium, magna simul apud socios auctoritas, domi compositis rebus, urbe necnon egregie munita et quoslibet hostium impetus sustentatura.

The Turn of the Tide.

147.—Mox autem optimates quos ex urbibus Boeotiae expulerant Athenienses, magnis copiis conscriptis imperio iterum potiti Athenienses conserta ad Coroneam acie profligarunt. Neque in officio manebant Megarenses et Aeginetae, qui iugum peregrinum aegerrime ferentes, coniuratione facta desciverunt. Et sub idem tempus cum exiissent indutiae, a Spartanis in Atticae fines fit impetus. Quo in discrimine Pericles Athenas servavit, qui pecunia corruptis ducibus hostium persuasit ut ex Attica recederent, pace in triginta annos facta ea condicione ut Athenienses Boeotia reliquisque in continenti civitatibus omnino abstinerent. Ita evenit ut in posterum Athenienses maritima tantum potestate fruerentur, cum socii nulli nisi incolae insularum in officio manere vellent. Sub idem tempus Persico bello finis impositus est.

Outbreak of the Peloponnesian War.

148.—Spartani autem, prisca maiorum disciplina et duro victu semper usi, Athenis valde invidebant. Et veteres simultates ut aliquamdiu latebant, ita minime exstinctae esse videbantur. Corinthiis tandem bellum inferentibus Corcyraeis, his Athenienses, illis Spartani copias subsidio miserunt. Cum

Atheniensibus faverent incolae insularum oppidorumque mariti-
morum, reliquae fere omnes civitates se Spartanis adiunxerunt.
Apparebat enim si qua civitas belli partem suscipere nollet,
illam ab alterutra harum factionum deletum iri. Et intestinum
in plerisque civitatibus coortum est bellum, cum Spartanis
optimates, Atheniensibus plebes plerumque faverent. Iam vires
ambarum harum nationum attentius consideranti apparebit, mari
Athenienses, terra Spartam plurimum potuisse.

Pericles's Ministry.

149.—Inde decem annos Pericles strategus, id est, dux factus,
praefuit Athenis. Neque imperium suum vi aut fraude praestare conabatur, sed ut privatus, ita cuius esset facundiae et
sapientiae cives optime regere calluit. Tantum autem aberat
ut eodem modo quo Spartani primas militiae deferret, ut pacis
artes gloriae anteponeret. Eo auctore novo hactenus splendore
cultus Deorum instauratus, templa refecta, nova insuper addita
sunt. Magnus etiam pictoribus sculptoribusque honos attributus,
praemia necnon poetis data sunt, quorum opera sumptu publico
histriones docebant. Inter poetas id temporis praecipue eminebant Aeschylus, Sophocles, Euripides, Aristophanes, quibus nulla
fere aetas pares, ne dicam egregiores, genuit. Qua disciplina et
vivendi ratione humanissimi facti sunt cives, quorum quisque
libertatis, literarum, Deorum denique se vindicem esse profite-
batur.

The Plans of the Leaders.

150.—Tum vero Pericles minime ignarus maiores esse
Spartanorum exercitus quam quibus resisti posset, Atheniensibus auctor fuit in urbem se recipiendi si quando ab hostibus
in fines eorum factus esset impetus. An id sua referre, cum
frumento importato uti liceret ? Spartanis multo plus damni

illaturos sese quam Spartanos sibi. Qui plurimum classe possent, iis licere in Peloponnesum impetu facto incolis de improviso valde nocere. Spartanis contra in animo erat vastatis quotannis finibus Athenienses defatigare, et stipendio fraudare quod socii pendebant, sollicitatis iis gentibus ut Atheniensium iugum excuterent; percrebuit enim opinio taedere socios Atheniensium, neque eos diutius sibi imperari velle.

The Sufferings of the Athenians.

151.—Inde ineunte vere impetu in Atticam facto Spartani omnia ferro et igne vastaverunt, neque tamen Athenienses extra moenia ad pugnam elicere potuerunt. Hoc idem deinceps pluribus fit annis. Et cum cives coloniique confertissimi in urbe habitarent, multaque animalia in arcto congregarentur, crudescente peste, ingens hominum multitudo exstincta est : multi e primoribus mortui sunt, et in iis Pericles, vir summo ingenio praeditus, idem patriae amantissimus. Quo mortuo nonnunquam fiebat ut homines stultissimi civibus spe deiectis concionabundi persuaderent ut consiliis pravissimis uterentur. Quodni in his tam foedis calamitatibus ex insperato saepius subventum esset, minime dubium est quin Athenae captae ultima experturae fuerint.

Siege of Platea.

152.—Tertio belli anno Plateae Boeotiae oppidum Athenis amicissimum ab Archidamo Spartanorum rege obsidetur. Is cum saepius oppidum vi expugnare conatus esset neque tamen res ex sententia evenisset, duplici muro oppidum circumdare constituit, ut cives fame in deditionem venire cogerentur. Inde post annum exactum obsessis inopia cibariorum laborantibus visum partem suorum erumpere conari ; ita enim quod hominum remansisset obsidionem toleraturos, fore etiam ut Spartanos morae taederet. Itaque multi ex obsessis, idoneam occasionem nacti, ex oppido noctu erumpunt et caesis vigilibus Athenas incolumes pervenerunt. Neque tamen Spartani obsidione destiterunt. Consumptis tandem commeatibus oppidani se dediderunt. In incolas atrociter saevitum, quibus ad unum omnibus caesis, oppidum solo aequatum est.

Phormio defeats the Peloponnesians at Sea.

153.—Interim Athenienses ira et desperatione exulcerante animos occasionem hostibus nocendi opperiebantur. Erant autem Naupacti, quod oppidum ad os sinus Corinthiaci situm erat, coloni Messenii nonnulli qui a patria in exsilium. pulsi ibidem auxilio Atheniensium constituti erant. Itaque visum est inde in Ambraciotas Spartanorum socios expeditionem terra marique suscipere. Neque ea res omnino ex sententia evenit, cum parum Ambraciotis nocitum esset; Phormionem autem, qui classi Atheniensium praeerat, bis insignem victoriam de Peloponnesiis reportasse constat, quamvis exiguo navium numero usus nequaquam par hostibus videretur. Ceterum eo studio ea peritia in hostium naves ab Atheniensibus impetus facti, ut oppressis aliis, aliis captis, reliquae in fugam se receperint.

Revolt of Mitylene.

154.—Anno insequenti Lesbii a Spartanis sollicitati seditione facta ab Atheniensibus desciverunt. Quod ubi cognitum est confestim copiae missae quae Mitylenen, caput Lesbi, terra marique obsiderent. Neque ita multo post incolae, cum morarentur Peloponnesii neque classem subsidio obsessis mitterent, inopia commeatuum laborantes se dediderunt. Quibus nuntiatis Cleon civibus persuasit ut viros omnes trucidari iuberent : itaque navis missa est, edicto ducibus, ut interfectis viris, quod superesset sub corona venderent. Cuius tam saevi consilii ubi postero die Athenienses poenituit, navis altera missa est cum literis quae iuberent captivis parci. Nuntii autem, ut Mitylenen perventum est, iam in incolas saeviri coeptum esse animadverterunt, edixerunt tamen ut ab reliquis abstineretur.

The Spartan Disaster at Sphacteria.

155.—Sexto belli anno Demosthenes Atheniensis, dum circa Peloponnesum classe vehitur, subito coorta tempestate, ad Pylum in Messenia expositis suis, locum, quam celerrime potuit, communivit. Quod ubi Spartam allatum est magnae copiae Pylum missae, classe etiam praemissa ut portus servaretur. Ubi Pylum est perventum, insula Sphacteria quae ante Pylum in aditu portus sita est satis firmo praesidio munitur. Inde obsidione et munitionibus teri tempus, cum minime verebantur Spartani ne obsessis subveniretur. Interim ex improviso classis Atheniensium naves Spartanorum adorta, victoriam insignem reportavit. Tum duces Spartanorum foedere in paucos dies icto, missis Athenas legatis oraverunt pacem, veriti ne sui in insula interficerentur. Quam cum Athenienses nisi iniquis condicionibus dare nollent, rursus ad arma provocatum. Qui in insula erant cum aliquamdiu fortissime restitissent tandem se dediderunt. Ea deditione multum laudis Spartani amiserunt.

Athenian Reverses in Boeotia and Thrace.

156.—Qua victoria sublati Athenienses, consiliorum Periclis immemores, qui iis ut maritimum imperium adipiscerentur, neu in continenti cum adversariis decertarent iampridem suaserat, in Boeotiorum fines cum incursionem fecissent, ad Delium magno cum detrimento victi sunt. Et sub idem tempus Brasidas dux Spartanorum cum magnis copiis in Thraciam pervenisset, adeo hominum animos concitavit ut ab Atheniensibus desciscerent. Tum Cleoni, cui contigerat ut Spartanos in Sphacteria capere posset, datur negotium ut expulsis Spartanis, Thraces in officium reduceret. Is, conserta ad Amphipolim acie, cum militiae imperitissimus esset, devictus in fugam se recepit : fugientem miles quidam Spartanus obtruncavit. Quo in proelio et Brasidae, dum princeps pugnam ciet, vita erepta est.

Peace of Nikias.

157.—Inde cum utramque gentem belli poenitere coepisset, mortuo insuper Cleone, qui auctor belli imprimis fuerat, foedus ea condicione ictum est ut captivi et si qua loca armis capta essent, statim restituerentur : exceptis iis locis quae ultro Atheniensibus neque ulla vi coacta se tradidissent. Ceterum locis ceteris restitutis Amphipolis penes Spartanos fuit. Reputanti autem quidnam eo bello sit effectum, apparebit Spartanos multum detrimenti accepisse, dedecoris etiam nonnihil, tot viris in Sphacteria captis, Atheniensibus autem parum nocitum esse, cum hostes non semel vicerint, et si quam cladem acceperint, eam Dis potissimum attribuendam esse, qui morbo tot hominibus viduare urbem voluerint.

Alcibiades and the Argive League.

158.—Neque tamen ea pax omnibus neque inter alios Alcibiadi cordi erat. Is nobili stirpe oriundus, vir alieni appetens, sui profusus, idem coercentium impatiens, ut omnia quae vellet spretis legibus faciebat, ita civibus sua consilia probare poterat. Cui ubi apparuit nonnullas Peloponnesiorum civitates iugum Spartanorum aegre ferentes socios se Argivis adiungere, civibus persuasit uti cum Argivis foedus icerent. Mox Athenienses cum illis in Arcadiam ubi incursionem fecerunt a Spartanis ad Mantineam fusi fugatique sunt. Quo in proelio Agis rex

Spartanorum egregium virtutis consiliique specimen dedit, omnibus palam facto quas olim vires Spartani habuissent eas adhuc praesto esse, neque quenquam Spartano in acie parem.

Preparations for an Expedition to Sicily.

159.—Interim ad Athenienses venerunt oratores Egestani auxilium contra Syracusanos oratum. Quorum ratione audita Alcibiades civibus auctor fuit copias in Siciliam mittendi. Dores in Sicilia valere, Dorium ibidem omnia brevi futura, nisi ab Ionibus iis restitum esset. An id toleraturos sese ut Dores devictis in Sicilia quicquid amicissimum ipsis esset, in Graeciam traiicerent opem Spartanis laturi? Proinde arma caperent, Doribus monstrarent virtutem virilem adhuc sibi superesse. Haec et ciusmodi contionabundo cum multi e civibus assentirentur, quamvis sapientissimus quisque et praecipue Nicias vehementissime adversarentur, expeditionem mitti placuit: cui Alcibiadem Lamachum Niciam praefici visum.

Alcibiades accused of Sacrilege.

160.—Quae expeditio cum in eo esset ut proficisceretur, mane experrecti cives Hermas, dei scilicet imagines, in viis passim mutilatas animadvertunt. Quo facinore sollicitatis hominum mentibus, in forum concurritur, neque deerant qui Alcibiadem statim accusarent. Illum neque quenquam alium eiusmodi sceleris conscium fremunt: de quo nisi extemplo sumerent poenas, verendum esse ne Deus in se tanquam facinoris conscios iras verteret. An id cives laturos ut optimates, et inprimis Alcibiades, a sacrilego facinore orsi rebus novandis impune studerent? Quibus cum respondisset Alcibiades: diem sibi dicerent; aut noxium puniendum aut innocentem suspicione liberandum esse, inimici eo consilio rem differunt ut absens reus fieret.

His Treachery.

161.—Itaque paucis post diebus classis navium longarum, multis insuper onerariis adiectis, Syracusas pergit. Inde cum frustra contendisset Lamachus ut urbem imparatam statim expugnarent, parte navium ad Syracusas relicta, pars urbes Siculorum adit, quo facilius homines sollicitarentur, sociique conscriberentur. Dum haec geruntur Alcibiades domum arcessitur, iterum accusantibus inimicis quod sacra profanasset. Neque regredi ausus Alcibiades, ubi Spartam se recepit, Spartanis auctor fuit ducis Spartani Syracusas mittendi, qui obsessis praeesset : maturato opus esse, ne Athenienses obsessos, homines rei militaris imperitissimos, priusquam iis subventum esset adorti, facilem victoriam reportarent.

The Siege of Syracuse.

162.—Interim Syracusae oppidum Siciliae divitissimum obsideri coeptum. Neque enim Athenienses fefellit, cum oppidani moenia praealta aedificassent turribus insuper et eiusmodi propugnaculis adiectis, fieri non posse ut vi oppidum expugnarent, sed obsidione opus esse ut cives inopia coacti in deditionem venirent. Itaque oppido aggerem circumdant, aditus omnes summa cura servant ne qua auxilia intra moenia recipi possent, portus necnon classe custodiunt. Neque ita multo post interfecto Lamacho, unus Nicias exercitui Atheniensium praefuit, vir ut rei militaris satis peritus idem summa virtute praeditus, ita tamen segnis neque ad varios belli casus paratus.

Athenian Disasters.

163.—Spartani autem auctore Alcibiade Gylippum ducem peritissimum cum militibus ad tria milia mittunt. Is imprudente Nicia ubi in urbem suos per hostem duxit omnia in melius vertit,

victis Atheniensibus et ab obsidione desistere coactis. Et
oppidani qui antea invictam Atheniensium classem rebantur,
successu tam insperato sublati naves armare cum hoste proelio
decertaturi. Tum Nicias ad cives rescripsit orans ut quam primum subsidio sibi copiae mitterentur : simul vires corporis sibi
deficere, neque se tanto oneri ferendo parem esse docet : proinde
ducem alium eligerent qui exercitui praeficeretur. Athenienses
autem parvi rem facientes preces spreverunt. Ineunte vere
classis Atheniensium devicta est, magno simul detrimento a
pedestribus copiis accepto.

Athenian Reinforcements.

164.—Iam summa laetitia affecti Syracusani quod tam
insignem victoriam reportaverunt, de Atheniensibus actum esse
existimabant: illi contra quia non vicerant pro victis erant,
neque spes ulla salutis relinqui videbatur. Sed vix pugnandi
finis fuit, et nova classis in portum pervenit, quam Athenienses,
de suorum periculo certiores facti, summo studio nisi comparatam
subsidio suis miserant, duce Demosthene, qui unus in tanto
discrimine rerum idoneus videbatur. Is cum suos exposuisset,
munitiones, quas Gylippus faciendas curaverat, noctu acriter
aggressus est, ita modo Syracusas aggere circumdari posse ratus,
si munitiones, quae tantum obsessoribus nocerent, vi expugnasset.
Neque ea res ex sententia processit, nam Athenienses inter
tenebras ignari quo eundum esset, se ipsi conficiebant, multumque
detrimenti acceperunt.

The End of the Expedition.

165.—Tum vero Demosthenes unicam salutis spem in fuga
poni ratus, Niciae ut statim domum regrederentur persuadere
conatus est. Is autem propter defectum lunae graviter commotus,

monentibus insuper haruspicibus ne ante exactum mensem vela faceret, proficisci noluit. Neque Syracusanos fefellit hostem in fugam se recipere velle; itaque navibus apud portus aditum dispositis impedire conabantur ne Graeci evaderent. Post aliquot dies, omnibus rebus summo studio praeparatis, classis Atheniensis sublatis ancoris adversus hostes instructa acie vadit. Cum aliquamdiu atrocissime pugnatum esset, victi Athenienses navibus in terram subductis, interiora insulae fuga petunt. Quos Syracusani consecuti magnam edidere stragem : quod superfuit pro servis habuerunt. Niciam vero et Demosthenem veneno se interemisse satis constat.

Athens in Danger.

166.—Interim Spartani Athenienses bello lacessere, neque multum abfuit quin urbs in deditionem venire cogeretur. Nam Agis, rex Spartanorum, incursione in Atticae fines facta, ubi Deceleiam, is vicus haud procul ab Athenis aberat, auctore Alcibiade cepisset, praesidium ibi reliquit quod fines passim populareter impediretque ne agri colerentur. Alcibiades etiam gnarus Athenienses frumento importato uti, cum Spartanis persuasisset ut quam celerrime naves comparandas curarent, ipse cum paucis navibus profectus insularum incolas sollicitare coepit ut ab Atheniensibus desciscerent. Cui cum nonnulli paruissent, verebantur Athenienses ne commeatus interciperentur; itaque cum non modo imperium sed etiam salus reipublicae agi videretur, in novam classem armandam summo studio incubuerunt.

Alliance between Spartans and Persians.

167.—Dum haec geruntur Tissaphernes Persa, qui magistratum Asiae minoris obtinebat, idoneam occasionem ratus, cum ita modo Iones suae ditionis se facturum speraret, si Athenienses

victi essent, clam cum Spartanis agebat. Itaque foedus ictum
est iis condicionibus ut ipse militibus, quos Spartani in Asiam
misissent, stipendium penderet, Spartani omnes Ionum civitates
Persis traderent. Quam spem fefellit alacritas Atheniensium,
qui impigre rem gerentes, neque tot tantisque calamitatibus fracti,
magnam classem adversus Peloponnesios Persasque miserunt.
Neque ita multo post proelio navali ad Miletum dimicatum est.
Quo in proelio virtus Atheniensium eminuit; victi hostes multis
navibus oppressis in fugam se receperunt.

Alcibiades intrigues.

168.—Alcibiadi autem iamdudum intercedebant simultates
cum nonnullis e Spartanis, qui eo absente ab ephoris impetrarunt
ut capitis damnaretur. Is vero quanto in discrimine versaretur
minime ignarus, ubi Tissaphernem transfuga adiit, eum in hunc
morem allocutus est : Spartanum sane cum Atheniensi semper de
imperio contendere, sed utrumque morae esse quominus Persae
Iones suae ditionis facerent : neutri igitur opem ferret; ita enim
fore ut bellis continuis exinaniti hostes perirent, Persisque quae
vellent in Ionia facere liceret. Quo consilio comprobato Tissaphernes tempus terere et impedire ne Spartani rem strenue
gererent, mox se iis auxiliaturum professus. Interim Alcibiades
cum Atheniensium ducibus clam agere. Si sibi Athenas regredi
liceret, Tissaphernem cum civibus societatem inire velle; neque
tamen se id agere velle quoad imperium penes plebem esset.
Proinde summa rerum optimatibus restitueretur.

The Four Hundred.

169.—Erant autem eo tempore in exercitu, qui in insula Samo
commorabatur, permulti e primoribus, quibus oratio Alcibiadis
acceptissima fuit. Itaque occasionem idoneam rerum novandarum
rati, Pisandrum quendam Athenas miserunt qui societates pararet

F

inter optimates divitesque, ut plebes imperio exueretur. Inde strenuissimus quisque ex plebe clam trucidari coepti, et pervolgari metus, ignaris omnibus praeter coniuratos quamobrem eiusmodi scelera admitterentur, vel quid sibi vellent qui facinora molirentur. Itaque cives partim vi partim metu coacti imperium quadringentis ex optimatibus detulerunt. Inde in inimicos multo magis saeviri coeptum est, missique Spartam legati qui de pace agerent.

Feeling of the Army and Fleet.

170.—Quibus de rebus certiores facti, milites stomachari, brevi etiam sacramento se adegere, rempublicam restituturos sese et de coniuratis poenas sumpturos. Quod ubi animadvertit Alcibiades milites adit sociumque se profitetur, simul graviter in coniuratorum perfidiam invectus. Tum milites decepti ducem Alcibiadem elegerunt, cum per eum conciliari posse Tissaphernem arbitrarentur, immemores simul quanta infortunia passa esset respublica ; quae omnia Alcibiadi attribui debere videntur, utpote qui Gylippi Syracusas mittendi auctor fuerit, idem incursiones in Atticam faciendas docuerit, insularumque incolas sollicitaverit.

The Fall of the Four Hundred.

171.—Neque tamen inter se consentiebant optimates, aliis modico imperio uti volentibus, aliis in inimicos saevire neque quenquam ulla libertate frui pati. Mox poenitere cives quod tamdiu in servitute retenti erant: an id aequum esse ut qui olim rebus gerendis impares fuissent, ii rempublicam iterum administrarent? Per aliquot menses summam rerum penes paucos contra leges fuisse : eccuinam id civibus profuisse videri ? Neque oblitos esse sese quot viri a sicariis ignotis trucidati essent. Proinde arma sumerent, privilegia legibus concessa, ius pristinum usurparentur. Neque iniuria in eos vi usuros sese,

qui tot tamque scelesta facinora edidissent. Haec animadver-
tentes, qui ex optimatibus atrocissima flagitia comprobabant,
legatos clam ad Spartanos miserunt qui profiterentur velle se
urbem potius tradere, quam civibus parere. Quod ubi percrebuit, undique in forum concurritur : quadringenti imperio
exuuntur, et nonnulli ex iis supplicio adfecti sunt.

Athenian Victories at Sea.

172.—Spartani autem perfidia Tissaphernis patefacta cum
Pharnabazo, is partem septentrionalem Asiae minoris pro rege
administrabat, societatem inierunt ut nonnullis ex oppidis, quae
ab Atheniensibus desciverant, opem prius ferrent, quam Alcibiades cum suis auxilio venire posset. Id etiam sibi proposuit
Mindarus, qui classi Spartanorum praefectus erat, ut praeclusis
Bosporo et Hellesponto impediret quominus frumentum navibus
onerariis ex oppidis ad Pontum Euxinum sitis Athenas veheretur;
quod si efficere potuisset, nihil dubii esse quin Athenienses fame
subigerentur. Sed Alcibiades Spartanos summo studio con-
secutus, bis acie conserta victoriam reportavit ; neque ita multo
post classis Spartanorum ad Cyzicum ab Atheniensibus circum-
sessa, occiso Mindaro, penitus deleta est. Quo detrimento
perculsi Spartani legatos de pace Athenas frustra miserunt.

The Battle of Aegospotami.

173.—Interim rex Persarum, gnarus se nunquam Ionas suae
ditionis facere posse si Spartani omnino devicti essent, Atheniensibus ubi resistere constituit, filium natu minorem Cyrum misit,
dato negotio ut cum quantum posset Spartanis subveniret, tum
Atheniensibus noceret. Is societatem iniit cum Lysandro, qui
Mindaro nuper successit, multumque argenti dono dedit militibus,
plus etiam se daturum pollicitus si Athenienses devicti essent.
Ad Aegospotamon tandem debellatum est ; ibi enim Lysander,

idoneam occasionem nactus, impetu in Atheniensium naves ex improviso facto, oppressis aliis, aliis captis, imperio Aegei maris potitus est.

The End of the Peloponnesian War.

174.—Tum vero Lysander cum insulas et si quae civitates in Asia in officio erga Athenienses mansissent, brevi intervallo cepisset, cum Agide Spartanorum rege consensit ut ipse omnes portus aditus navibus servaret, ille castris in continenti positis, urbi munitiones circumdaret. Inde cives menses quatuor obsessi eo miseriae adacti sunt, morbo simul et peste in urbe crudescentibus, ut in deditionem venirent. Pacem porro iis condicionibus impetrarunt ut imperio in socios se abdicarent, murique et munitiones, quibus urbs cum Piraeo coniungeretur, penitus everterentur.

The Thirty Tyrants.

175.—Deletis Athenarum moenibus, Lysander in urbe satis firmum praesidium collocavit, quo facilius cives in officio erga Spartanos manere cogerentur, neu quidquam novi molirentur. Triginta necnon viris summa rerum demandabatur, quibus nomen triginta tyrannis a civibus inditum. Multis inde capitis damnatis, multis etiam exsulatum abire coactis, eo miseriae perventum est, ut cives, ira et desperatione exulcerante animos, novandis rebus studere coeperint. Et ante exactum annum exsules copiis comparatis urbem adorti, cum de triginta viris poenas sumpsissent, pristinum rerum statum restituerunt, parvi rem facientibus Spartanis, qui Athenienses tot casibus fractos nihil damni in posterum sibi posse inferre arbitrabantur.

Supremacy of Sparta.

176.—Devictis Atheniensibus, et fine discordiis quae tot annos Graeciam dilaniaverant imposito, Lysandro urbes circumire visum eo consilio ut cuique legatus Spartanus, is harmostes vocabatur, praeficeretur, qui cum decemviris e civibus delectis res administraret. Neque ea res cordi Graecis fuit, quantum lucri assecuti essent quoad Atheniensibus paruissent reputantibus: sibi enim iis temporibus suas res agere licuisse, ventitantibus necnon mercatoribus suas quemque merces vendere potuisse, qua ex re factum esse ut paucis annis opes sociorum Atheniensium valde augerentur. Numquem adeo insanire ut eadem vivendi ratione uti licere existimaret? Deleta Atheniensium potestate deleri simul commoda sociorum, quibus Spartani, homines inculti et paupertati assuefacti, inviderent. Id iugum sibi minime esse tolerandum: occasionem igitur vindicandae libertatis opperirentur.

Civil War among the Persians.

177.—Hac fere tempestate Artaxerxes Xerxi patri successit. Cuius frater Cyrus magnis copiis conscriptis, Graecis necnon ad decem millia spe praedae tractis, in interiora Asiae contendit ut expulso fratre, imperio ipse potiretur. Ei fit obviam Artaxerxes' et ad Cunaxam, qui vicus haud procul a Babylone abest, iusto proelio dimicatur. Occiso Cyro ita modo Graeci milites servari poterant si ad mare iter fecissent. Qui cum ducem sibi Xenophontem praefecissent, per montes avios quam celerrime contendunt, gnari moram exitiosam fore, cum a tergo regis copiae instarent, barbarique crebros impetus facerent. Narrat et ipse Xenophon quo modo tot tantaque pericula summo studio eluctati ad mare incolumes pervenerint.

War between Sparta and Persia.

178.—Mox Spartanos poenitere coepit quod Ionas Persis tradiderant, neque tam turpi facinore admisso quicquam commodi acceperant: itaque indicto bello cum Agesilaus rex Spartanorum non semel victoriam reportasset, idem maiore mole Persas aggressurus videretur, Pharnabazus classi summa celeritate comparatae Cononem Atheniensem praefecit. Is Peloponnesios ad Cnidum proelio navali ubi devicit, legatosque Spartanos ex Ioniae urbibus expulit, trans Aegeum mare transvectus Athenas rediit. Tum magna civium laetitia moenia refecta, Spartanis recenti clade consternatis neque opus impedire audentibus. Inde fiducia rerum Atheniensibus crescere, qui veteres naves sarciendas, novas quam celerrime comparandas curant, adversus Spartanos, si quando occasio data esset, dimicaturi.

Alliance against the Spartans.

179.—Interim Thebani, qui occasionem existimabant adoriendi Spartanos, sollicitantibus etiam Persarum legatis, ubi socios sibi Argivos et Corinthios adsciverunt, bellum indicunt. Tum ephori veriti ut novis hisce hostibus resisti posset, cum parum militum sibi suppeteret, nuntios ad Agesilaum miserunt qui docerent, summo in discrimine rem esse; suos ergo reduceret ad patriam servandam, cui tot hostes minitarentur. Is igitur maturato opus esse ratus, navem quam primum escendit, edicto ducibus ut suos quisque domum reducerent. Inde aliquamdiu in Corinthiorum finibus pugnari, et tempus teri, cum sociis audacia deficeret, Spartani mora opus esse arbitrarentur ad milites recreandos novamque comparandam classem.

The Peace of Antalcidas.

180.—Dum in hunc modum inter se contendunt civitates Graecae, crescere Persarum potestas. Neque deerant homines qui suos quisque cives docerent, pacem cum Persa fieri oportere; cum barbari quae ad Marathona et Salamina essent passi oblivisceretur, tum Graecos oblivisci quomodo patres eas clades

barbaris intulissent. Itaque auctore Antalcida foedissima pax
cum Persis facta est, patientibus Graecis ut barbarus lites
diiimeret et condiciones eatenus inauditas Graecis imponeret:
quicquid etiam urbium in Ionia liberum fuit, id Persis traditum
est. Thebanis potissimum nocebant condiciones pacis, iubente
Persa ne diutius oppidis Boeotiae imperitarent neu quicquam
contra Persas Spartanosve molirentur.

Pelopidas.

181.—Inde dum exercitus Spartanus trans Boeotiam iter facit,
dux eius dolo arcis Thebanae potitus, ibidem praesidium satis
firmum reliquit. Per triennium Spartani in arce dominabantur,
multumque cum dedecoris tum etiam incommodi, qua erant
superbia, civibus afferebant. Sed Pelopidas quidam ex optimatibus, quem dedecoris eiusmodi valde poenitebat, vir expertae
virtutis, idem patriae amantissimus, aliquot e suis in arcem
muliebri veste ornatos clam duxit, Spartanosque ex improviso
adortos trucidavit. Recepta arce ingenti civium studio Pelopidae
gratiae actae sunt. Quod ubi percrebuit multum opinionis
amiserunt Spartani, et, ut fit, hostibus animus auctus est.

The Athenian League.

182.—Sub idem tempus Athenienses societatem cum nonnullis
ex insulis inierunt ea condicione ut quaeque civitas certas
pecunias ad armandam classem quotannis penderet. Cui societati
cum Thebani se adiunxissent, ut praesidia Spartanorum e Boeotiae
urbibus expellerent, bellum Spartanis terra marique acriter illatum
est. Omnia sociis favebant; brevi enim expulsis Spartanorum
praesidiis, omnis Boeotia in Thebanorum potestate facta est,
neque hostes classi sociorum resistere potuerunt. Mox autem
Thebanis cum Atheniensibus simultates intercedere: itaque
Athenienses pace cum Spartanis facta diutius pugnare noluerunt.

Supremacy of Thebes.

183.—Inde ira Spartanorum in Thebanos versa, incursiones in Boeotiam fieri coeptae. Thebanis id temporis praeerat Epaminondas, vir belli peritissimus, idem summa virtute et sapientia praeditus. Acie tandem ad Leuctra, oppidum Boeotiae, conserta, cum aliquamdiu summo utrinque studio pugnatum esset, peritia Epaminondae victoriam Thebanis dedit. Tantum autem aberat ut haec victoria Epaminondae satisfaceret ut civitates Arcadiae icto foedere adversus Spartanos concitaret, et Messenios, quibus diu imperitaverant Spartani, ad iugum excutiendum alliceret. Mox autem inter Arcadios rixa coorta cum alii Spartanis, alii Thebanis faverent, bellum instauratur. Missae igitur a Spartanis copiae quae suis auxiliarentur. Quibus cum Epaminondas confestim obviam ivisset, ad Mantineam iusto proelio dimicatur. Victor Epaminondas dum pugnam princeps ciet iaculo transfixus decessit.

The growing power of Macedonia.

184.—Mortuo Epaminonda Thebani duce carebant, neque constabat penes quam civitatem summa imperii esset, cum omnes pariter infortuniorum taederet, neque quisquam rursus fortunam belli experiri auderet. Macedonum id temporis Philippus rex fuit, vir callidissimus bellique peritissimus, qui adolescens Thebis aliquamdiu commoratus artem belli edidicerat. Itaque conscriptis copiis id sibi iamdudum proponebat ut universae Graeciae imperitaret, gnarus minime sibi resisti posse, cum Graeci tot intestinis bellis defessi, nonnisi quiete frui cuperent, neque ducem haberent qui cum ipso conferendus videretur. Diu etiam Macedonum opes creverant, cum tot annos pace fruiti essent, neque eodem modo quo reliqui Graeci vires et divitias consumpsissent. Quae cum ita essent Philippus occasionem belli gerendi circumspicere ; idem commeatus comparare, novas copias instruere prius constituit, quam Graecorum vires recreari possent.

Philippus in Thrace.

185.—Philippus autem cum Amphipoli, quam urbem, ut supra demonstratum est, Athenienses bello Peloponnesiaco amiserant, vi potitus esset, veritus ne Olynthiaci cum Atheniensibus coniuncti urbem recipere conarentur, eosdem muneribus corrupit. Tum Strymone fluvio traiecto magnam Thraciae partem suae ditionis fecit, parvi Athenienses faciens, cum et ipse magnas conscripsisset copias, idem ope Olynthiacorum fretus omnia domi tuta existimaret. Neque Athenienses fefellit quid rex moliretur, sed auxilio Olynthiacorum destituti, fortiorem regem esse existimabant quam cui resisti posset.

The Sacred War.

186.—Philippus tandem, occasionem nactus, magnas copias subsidio Thebanis in Phocida duxit, accusantibus Phocenses Thebanis quod campum Crisaeum spreta religione coluissent ; esse enim eam regionem Diis sacram, neque cuiquam ex ea fructus percipere licere. Phocenses autem fano Apollinis Delphici compilato, ingentibus necnon thesauris potiti, cum Atheniensium Spartanorumque opem impetrassent, magnum exercitum collegerunt. Qua re cognita Philippus cum se Thebanis coniunxisset, magnis itineribus in Thessaliam contendit. Inde devictis Phocensibus Thermopylas recta pergit ; quas cum ab Atheniensibus obtineri animadvertisset, haud immemor quanto sanguine constitisset conatus ille Persarum, re infecta domum rediit.

The Fall of Olynthus.

187.—Tum vero Olynthiaci potentiam Macedonum pertimescentes, legatos Athenas miserunt qui docerent quanto in discrimine res esset, opemque implorarent. Ad quos auxiliorum mittendorum Demosthenes, orator facundissimus, imprimis auctor fuit: Olynthiacis quamprimum subveniendum esse; qui si victi essent, nihil morae fore quin Philippus in Atticam suos duceret. An id passuros Athenienses ut urbs amicissima in deditionem hosti venire cogatur? Quod si Olynthiacorum preces sprevissent, fore ut sero demum sceleris poeniteret, cum victoris copias sua moenia vallo circumdantes animadverterent. Pristinae patrum virtutis memores exercitum conscriberent: fidei pietatisque egregium specimen ederent; palam facerent nondum interiisse martium illum animum, quo patres instincti mortem dedecori anteposuissent, Graeciamque Persarum metu liberassent. Quae contionatus quamvis persuasisset ut copiae mitterentur, rem segnius agentibus civibus, rex Olyntho potitus, urbem solo aequavit, homines sub corona vendidit.

Philippus and Demosthenes.

188.—Deleta Olyntho exterriti Athenienses Demosthenem in Peloponnesum miserunt qui doceret quanto in periculo universa Graecia versaretur. Is apud nonnullas e civitatibus quas auro rex corrumpere constaret, ita verba fecit: decipi eos si quid commodi ex rege sperarent. Esse quidem apud eos quibus Philippus magna mercede proposita persuasisset ut cives in suam sententiam traherent: quibus si paruissent, fore ut rursus servitio premerentur. Ecquem adeo regni regumque amantem esse ut pro regibus, pravo magistratus genere, quod maiores antiquitus sprevissent, regem alienum habere vellet? Simultatum discordiarumque obliviscerentur; arma adversus communem hostem, tanquam communem pestem sumerent, libertatisque sibi a maioribus traditae vindices exsisterent.

189.—Postea cum legati a Philippo missi Athenas venissent ut de pace agerent, auctore Demosthene spreti sunt. Is etiam civibus persuasit ut Byzantinis, quos id temporis rex obsideret, subsidio copias mitterent. Ducibus rem strenue agentibus Philippus incepto desistere coactus est, Byzantini obsidione liberati. Inde Demosthenes eadem consilia summo studio exsequi, lata lege ut pecunia ex aerario ad bellum prosequendum erogaretur, neu tantum nummorum ad festos dies impenderent cives cum eiusmodi pericula urbi minitarentur. Quam legem iubente populo, Demosthenes collatas pecunias ad veteres naves sarciendas, novas insuper armandas insumpsit, ita modo de Philippo triumphari posse ratus si imperium maris Athenienses obtinuissent.

Philippus Master of Greece.

190.—Interim Philippus quo facilius sua consilia exsequeretur amicos largitione et corruptelis clam sibi devinciebat. Quorum in numero Aeschines Atheniensis, vir maximus ingenio idem orator disertissimus, cum in concilium Graecorum missus esset, ut bellum Amphissae indiceretur neque iustam ob caussam effecit, utque Philippus copiis sociorum praeficeretur impetravit. Brevi spatio interiecto Philippum Elatea potitum, in Boeotiam Atticamque promptum iter habere nuntiatum est. Tum apud concionem, exterritis ceteris neque quidquam prae metu hiscere audentibus, unus Demosthenes foederis cum Thebanis faciendi bellique Philippo indicendi auctor fuit. Cuius monitis cum obtemperatum esset, Athenienses Thebanique obviam regi facti sunt. Atrociter pugnatum est; socii tandem magno cum detrimento ad Chaeroneam oppidum Boeotiae victi sunt.

Death of Philippus.

191.—Quo proelio cum debellatum esset, neque quisquam diutius resistere auderet, Philippo omnia, quae vellet, facere licebat. Concilio convocato bellum Persis indictum ; Philippus exercitus imperator dictus domum reversus est. Inde totus in curam commeatuum exercitusque parandi conversus nullam rem praetermittebat quin voti compos fieret, gnarus quantas opes reges Persarum coacervassent, quibus si potitus esset, omnibus regibus in orbe terrarum praestaturum sese sperabat. Neque tamen id facere Philippo contigit, qui dum filiae nuptias celebrat a sicario pugione confossus occidit. Ei Alexander filius viginti annos natus successit.

PART III.

ALEXANDER THE GREAT.

Alexander confirms his Authority.

192.—Mortuo Philippo cum nonnullas e civitatibus libertati studere allatum esset, Alexander copiis in Peloponnesum ductis potestatis suae ubi specimen dedit, concilio Graecorum convocato in locum patris imperator designatus est. Inde devictis Thracibus, flumine Istro traiecto Getas Illyriosque suae ditionis fecit. Eo absente Thebani, cum falsus percrebuisset rumor victo a barbaris exercitu interiisse regem, inita coniuratione praesidium Macedonum quod arcem obtinebat obsederunt. Quam ad seditionem reprimendam, certior etiam factus et alias civitates exemplo Thebanorum sollicitatas novandis rebus studere, Alexander mira celeritate reversus, Thebas contendit praesidiumque obsidione liberavit. Inde versa in Thebanos ira, urbem solo aequavit, homines sub corona vendidit. Qua clade exterriti Graeci in officium redierunt, neque quisquam in posterum seditionem inire ausus est.

The Conquest of Asia Minor.

193.—Pacata Graecia Alexander traiecto Hellesponto copias in Asiam duxit. Persae autem veriti ut barbari Macedonibus

93

resistere possent auxilia Graecorum mercede conduxerant.
Quorum dux Memnon vir belli peritissimus Persis vehementer
suadebat ne cum Alexandro iusto proelio dimicaretur : angustias
montium potius occuparent, urbesque satis firmis praesidiis
obtinerent.   Idem classis in Graeciam mittendae auctor fuit,
cuius adventu fore ut Graeci contra Macedones erigerentur
docebat.   Quibus consiliis a Persarum ducibus spretis ad flumen
Granicum conserta acie dimicatum est.   Victis Persis Alexander
fines hostium late populatus, multas urbes in deditionem accepit.

The cutting of the Gordian Knot.

194.—Alexander oppido, cui Gordio nomen erat, in ditionem
suam redacto, Iovis templum intrat.   Vehiculum, quo Gordium,
Midae patrem, vectum esse constabat, aspexit.   Notabile erat
iugum, astrictum compluribus nodis in semetipsos implicatis et
celantibus nexus.   Incolis deinde affirmantibus, editam esse
oraculo sortem, Asiae potiturum, qui inexplicabile vinculum
solvisset, cupido incessit animo sortis eius implendae.   Circa
regem erat et Phrygum turba et Macedonum, illa exspectatione
suspensa, haec sollicita ex temeraria regis fiducia.   Nam serie
vinculorum ita astricta, ut, unde nexus inciperet quove se
conderet, nec ratione nec visu percipi posset, solvere conatus
iniecerat curam ne in omen verteretur irritum inceptum.   Ille
nequicquam diu cum latentibus nodis luctatus, Nihil, inquit,
interest, quomodo solvantur : gladioque ruptis omnibus loris
oraculi sortem vel elusit vel implevit.

Illness of Alexander.

195.—Postea rex cum pulvere et sudore perfusus in flumen
gelidissimum descendisset, gravi morbo correptus aegrotavit.
Erat inter nobiles medicos ex Macedonia regem secutus Philippus.

Qui cum promisisset se post diem tertium potione medicata tantam vim morbi levaturum esse, rex a Parmenione, fidissimo e ducibus, literas accepit, quibus ei denuntiabat ne salutem suam Philippo committeret: mille talentis a Dario esse corruptum. Quae literae quamvis ingentem animo sollicitudinem incuterent, rex nulli quid scriptum esset enuntiat epistolamque, sigillo anuli sui impresso, pulvino, cui incumbebat, subiecit.

The Doctor and his Patient.

196.—Inter has cogitationes biduo absumpto, illuxit a medico destinatus dies, et ille cum poculo intravit. Quo viso Alexander, epistolam a Parmenione missam sinistra manu tenens, accipit poculum et haurit interritus: tum epistolam Philippum legere iubet: nec a vultu legentis movit oculos. Ille, epistola perlecta, plus irae quam pavoris ubi ostendit, Rex, inquit, crimen parricidii, quod mihi obiectum est, tua salus diluet: servatus a me vitam mihi dederis. Oro quaesoque, omisso metu, patere medicamentum concipi venis: laxa paullisper animum, quem intempestiva sollicitudine amici sane fideles, sed moleste seduli turbant. Non securum modo haec vox, sed etiam laetum regem fecit. Hac, inquit, epistola accepta, poculum hausi: et nunc crede me non minus pro tua fide quam pro mea salute esse sollicitum. Haec locutus dextram Philippo offert. Neque ita multo post rex sedata morbi vi in conspectum militum venit. Nec avidius ipsum regem quam Philippum intuebatur exercitus: pro se quisque dextram eius amplexi grates agebant velut praesenti deo.

The Eve of the Battle of Issus.

197.—Isson deinde rex copias admovit: ubi consilio habito utrum ultra progrediendum foret an ibi opperiendi essent novi milites, quos ex Macedonia adventare constabat, Parmenio non alium locum proelio aptiorem esse censebat. Nam illic utriusque regis copias numero futuras pares, cum angustiae multitudinem non caperent : planitiem sibi camposque esse vitandos, ubi circumiri, ubi ancipiti acie opprimi possent. Facile ratio tam salubris consilii accepta est. Itaque rex inter angustias saltus hostem opperiri constituit.

Alexander harangues his Army.

198.—Cum iam in conspectu sed extra teli iactum utraque acies esset, Alexander ante prima signa ibat, variaque oratione ut cuiusque animis aptum erat milites alloquebatur : Macedones toties in Europa victores ad subigendam Asiam profecti pristinae virtutis reminiscerentur. Eos non Persis modo sed etiam omnibus gentibus imposituros iugum ; Macedonum provincias Bactra et Indos fore. Non in praeruptis Illyriorum et Thracum montibus sterilem laborem futurum : spolia totius orientis offerri. Vix gladio futurum opus : totam aciem suo pavore fluctuantem umbonibus posse propelli. Ecquem Philippi patris domitaeque Boeotiae non meminisse ? An non eundem ad Isson eventum pugnae futurum qui ad Granicum amnem devictis Persis fuisset ? Irent et imbellibus feminis aurum viri eriperent. Aspera montium suorum iuga nudasque valles et perpetuo rigentes gelu ditibus Persarum campis agrisque mutarent.

Battle of Issus.   Rout of Darius's Army.

199.—Iam ad teli iactum pervenerant, cum Persarum equites ferociter in laevum cornu hostium invecti sunt, nam Darius equestri proelio decernere optabat, phalangem Macedonici exercitus robur ratus. Tum Alexander veritus ne circumiretur, duabus alis equitum ad iugum montis iussis subsistere, ceteros adversus hostem duxit. Non timido, non ignavo cessare tum licuit : collato pede, quasi singuli inter se dimicarent, in eodem vestigio stabant, donec vincendo locum sibi facerent. Alexander non ducis magis quam militis munus exsequebatur, opimum decus caeso rege expetens : Macedones mutua adhortatione firmati in equitum agmen irrumpunt. Neque segnius ab hoste resistitur. Circa currum Darii iacebant nobilissimi duces, omnes in ora proni, sicut dimicantes procubuerant, adverso corpore vulneribus acceptis. Macedonum quoque non quidem multi sed promptissimi caesi sunt ; inter quos Alexandri dextrum femur leviter mucrone perstrictum est. Darius tandem veritus ne in hostium potestatem veniret in fugam se recepit. Tum vero ceteri dissipantur, instantibus equitibus a Parmenione missis.

The Captive Queens.

200.—Captis hostium castris ingens auri argentique pondus miles diripuit. Postea Alexander matrem coniugemque Darii captas esse certior factus, praemittit ad eas qui nuntiarent venire sese, inhibitaque comitantium turba tabernaculum cum Hephaestione intrat. Is longe omnium amicorum carissimus erat regi, cum ipso pariter educatus, secretorum omnium arbiter : libertatis quoque in admonendo eo non alius ius habebat, quod tamen ita usurpabat ut magis a rege permissum quam vindicatum ab eo videretur : et sicut aetate par erat regi, ita corporis habitu praestabat. Ergo reginae illum esse regem ratae suo more veneratae sunt. Inde nonnullis ex captivis quis Alexander esset monstrantibus, mater Darii ei ad pedes se proiecit veniamque oravit. Quam manu allevans rex, Non errasti, inquit, nam et hic Alexander est.

Alexander's Generosity.

201.—Tunc quidem ita se gessit, ut omnes ante eum reges clementia vincerentur. Omnem cultum reddi feminis iussit, neque quicquam ex pristinae fortunae magnificentia captivis praeter fiduciam defuit. Itaque Sisygambis, Rex, inquit, mereris ut ea precemur tibi, quae Dario nostro quondam precatae sumus, et, ut video, dignus es imperio, qui tantum regem non felicitate solum, sed etiam aequitate superaveris. Tu quidem matrem me et reginam vocas, sed ego me tuam famulam esse confiteor. Rex, ubi bonum animum habere eas iussit, Darii filium collo suo admovit. Quem cum minime conterritum cervicem suam amplecti animadvertisset, motus constantia pueri, Hephaestionem intuens, Quam vellem, inquit, Darius aliquid ex hac indole hausisset.

The Tyrians refuse to admit Alexander.

202.—Iam tota Syria, iam Phoenice quoque, excepta Tyro, Macedonum erat, habebatque rex castra in continenti, a qua urbem angustum fretum dirimit. Tyros et magnitudine et claritate ante omnes urbes Syriae Phoenicesque memorabilis, facilius societatem Alexandri acceptura videbatur quam imperium. Coronam igitur auream legatos afferentes rex benigne allocutus, Herculi, quem praecipue colerent, sacrificare velle se dixit : Macedonum enim reges credere ab illo deo sese genus ducere : se vero, ut id faceret, etiam oraculo monitum. Legati respondent esse templum Herculis extra urbem : ibi regem deo sacrum rite facturum. Non tenuit iram Alexander, cuius alioqui impotens erat. Itaque, Vos quidem, inquit, fiducia loci, quod insulam incolitis, pedestrem hunc exercitum spernitis : sed brevi ostendam in continenti vos esse. Proinde sciatis licet aut intraturum me urbem aut oppugnaturum.

Strange Omens.

203.—Igitur bello decreto oppidani per muros turresque tormenta disponunt, arma iunioribus dividunt, opifices in officinas distribuunt. Omnia belli apparatu strepunt : ferreae quoque manus quas operibus hostium iniicerent, et alia tuendis urbibus excogitata praeparantur. Sed cum fornacibus ferrum, quod excudi oportebat, impositum esset, sanguinis rivi sub ipsis flammis exstitisse dicuntur : idque omen in Macedonum metum vertunt Tyrii. Apud Macedonas quoque cum forte panem quidam frangerent, manantis sanguinis guttas animadverterunt, territoque rege Aristander, peritissimus vatum, si extrinsecus cruor fluxisset, Macedonibus id triste futurum ait : contra, cum ab interiore parte manaverit, urbi exitium portendere. Postea Alexander oratores de pace ad urbem misit, quos Tyrii contra ius gentium occisos in altum praecipitaverunt. Atque ille suorum tam indigna morte commotus urbem obsidere statuit.

The Building of the Mole.

204.—Sed ante iacienda moles erat quae cum continenti urbem coniungeret. Magna vis saxorum ad manum erat, materies ex Libano monte ratibus et turribus faciendis advehebatur. Iamque a fundo maris in altitudinem modicam opus creverat, nondum tamen aquam summam aequabat, et quo longius moles agebatur a litore, hoc magis, quicquid ingerebatur, praealtum absorbebat mare ; cum Tyrii parvis navigiis admotis per ludibrium exprobrabant, illos dorso, sicut iumenta, onera gestare : interrogabant etiam num maior Neptuno Alexander esset. Qua insectatione alacritatem militum accendente, cum paulum moles ex aqua emineret, Tyrii levibus navigiis advecti missilibus lacessere militem et ad curam semet ipsos tuendi ab operibus convertere.

The Fall of Tyre.

205.—Neque obsessoribus opere impune defungi licuit, in quos crebrae eruptiones ab oppidanis fiebant, tantumque damni toties illatum est ut Alexander paene suos abducere cogeretur. Eo tamen studio nitebatur miles ut urbs tandem cum continenti

continuaretur. Tum vero admotae machinae tormentaque, neque
ita multo post miles per patentia ruinis in urbem vadit, nequi-
quam obsistentibus oppidanis. Fit strages et atrociter in incolas
saevitur. Eo tandem saevitiae perventum est ut nullum animal
superfuturum videretur, nisi rex edixisset ut ab inermi abstineatur. Itaque Tyros septimo mense quam oppugnari coepta erat,
capta est, urbs et vetustate originis et fortuna insignis. Nam
mare, non vicinum modo, sed quodcunque classes eius adierunt,
suae ditionis fecit. Et si famae libet credere, haec gens literas
prima aut docuit aut didicit. Coloniae certe eius paene toto
orbe diffusae sunt: Carthago in Africa, in Boeotia Thebae, Gades
ad Oceanum.

Darius's Letter and Alexander's Answer.

206.—Hac fere tempestate literae a Dario allatae quibus
petebat ut filiam suam, cui Statirae nomen fuit, Alexander in
matrimonium duceret: dotem fore dimidiam imperii partem.
Quod si forte dubitaret, quod offerretur, accipere, ne id oblivisceretur, nonnunquam mutari fortunam, victoremque posse vinci.
Alexander iis, qui literas attulerant, respondit Darium sibi aliena
promittere, et quod totum amisisset, velle partiri. Leges autem
a victoribus dici, accipi a victis. Uter victor esset, si solus
ignoraret ille, quam primum Marte decernerent. Se quoque,
cum transiret mare, non Ciliciam aut Lydiam, tanti enim belli
exiguam hanc esse mercedem, sed Persepolin, caput regni eius,
Bactra deinde et Ecbatana ultimique orientis oram imperio suo
destinasse.

Egypt.—Visit to the Oracle of Jupiter Hammon.

207.—Post Tyron captam Alexander in Aegyptum pergit.
Quo ubi advenit summo studio ab incolis excipitur, quos avaritiae
superbiaeque Persarum taedebat. Neque ita multo post adire

Iovis Hammonis oraculum statuit. Iter expeditis quoque et paucis vix tolerabile ingrediendum erat: terra caeloque aquarum penuria est, steriles arenae iacent, quas ubi vapor solis accendit, fervido solo exurente vestigia, intolerabilis aestus existit. Luctandumque est non solum cum ardore et siccitate regionis sed etiam cum tenacissimo sabulo, quod praecaltum et vestigio cedens aegre moliuntur pedes. Haec Aegyptii vero maiora iactabant. Sed ingens cupido animum stimulabat adeundi Iovem, quem generis sui auctorem, haud contentus mortali fastigio, aut credebat esse aut credi volebat. Quas viae difficultates non sine suo militumque periculo eluctatus, ad sedem dei pervenit. Ea undique arboribus tegitur, multique fontes alunt silvas. Caeli quoque mira temperies verno tepori maxime similis, omnes anni partes pari salubritate percurrit.

The Fountain of the Sun.—Response of the Oracle.

208.—Est et aliud Hammonis nemus: in medio habet fontem, quem solis aquam vocant: sub lucis ortum tepida manat, medio die, cuius vehementissimus est calor, frigida eadem fluit, inclinato in vesperam calescit, media nocte fervida exaestuat: ubi nox propius vergit ad lucem, multum ex nocturno calore decrescit, donec sub ipsum diei ortum assueto tepore languescat. Ac tum quidem regem propius adeuntem maximus natu e sacerdotibus filium appellat, hoc nomen illi parentem Iovem reddere affirmans. Ille se vero et accipere ait et agnoscere, humanae sortis oblitus. Consuluit deinde, an totius orbis imperium fatis sibi destinaret pater. Respondit sacerdos terrarum omnium rectorem fore. Iovis igitur filium se non solum appellari passus est, sed etiam iussit.

Darius's Preparations.

209.—Postea Alexander ad Euphraten contendit, cum Dario de imperio dimicaturus. Is barbaras gentes undique convocatas

summa cura armat instruitque quantoque cum hoste sit res docet.
Equitibus equisque tegumenta erant ex ferreis laminis in serie
inter se connexis : quis antea praeter iacula nihil dederat, scuta
gladiique adiiciebantur : equorumque domandi greges peditibus
distributi sunt, ut maior pristino esset equitatus.   Ingens etiam,
ut crediderat, hostium terror, ducentae falcatae quadrigae, unicum
illarum gentium auxilium, secutae sunt.   Ex summo temone
hastae praefixae ferro, utrimque a iugo terni gladii, inter radios
rotarum plura spicula eminebant in adversum.   Aliae deinde
falces summissae rotarum orbibus haerebant, et aliae in terram
demissae, quicquid obvium concitatis equis fuisset, amputaturae.

Eclipse of the Moon.

210.—Ceterum Alexander periculorum et maxime multitudinis
contemptor ad Euphraten pervenit : quo pontibus iuncto equites
primos ire, phalangem sequi iubet, Mazaeo praefecto equitum
regiorum non auso proelium committere.   Paucis deinde non ad
quietem, sed ad reparandos animos, diebus datis militi, strenue
hostem insequi coepit, veritus ne interiora regni sui peteret.   Sed
ex itinere deficiente luna pavor militibus incussus est.   Diis
invitis in ultimas terras trahi se querebantur.   An id aequum
esse ut propter unum hominem tanta discrimina adirent ?   Eo
portento iram deorum significari : proinde domum reverterentur,
si quis salvus esse vellet.   Iam prope seditionem res erat, cum rex
vates voluntatem deorum expromere iubet.   Ii igitur solem
Graecorum lunam esse Persarum docent, quotiensque illa deficiat,
ruinam illis gentibus portendi.   Quibus auditis adeo animi
militum confirmantur ut se regem sequi velle profiterentur.

Ineffectual Negotiations for Peace.

211.—Darius tamen, frustra pace bis petita, oratores iterum
de pace misit, qui partem regni Alexandro offerrent, multum

etiam pecuniae adiicerent si pro captivis pretium redemptionis vellet accipere. Cuius pecuniae accipiendae suasor fuit Parmenio, idem monebat ne viarum per loca deserta obliviscoretur, neu quot milibus passuum a Macedonia distineretur exercitus. Ingrata oratio regi fuit. Itaque ut finem dicendi fecit, Et ego, inquit, pecuniam quam gloriam mallem, si Parmenio essem. Nunc Alexander de paupertate securus sum et me non mercatorem memini esse, sed regem. Nihil quidem habeo venale, sed fortunam meam utique non vendo : captivos si placet reddi, honestius dono dabimus, quam cum pretio remittemus. Introductis deinde legatis negavit ullas se conditiones accipere velle. Aut deditionem aut bellum pararet rex.

The Council of War.

212.—Cum iam in conspectu essent hostiles exercitus, Alexander concilio convocato duces consuluit quid optimum factu esset. Parmenio furto non proelio opus esse censebat. Intempesta nocte opprimi posse hostes : discordes moribus, linguis, ad hoc somno et improviso periculo territos quando ex nocturna trepidatione coituros ? At interdiu terribiles occursuras facies Scytharum ; hirta illis ora et intonsas comas esse, eximiam vastorum magnitudinem corporum. Vanis et inanibus militem magis quam iustis formidinis causis moveri. Contra rex, Furum, inquit, ista sollertia est. Palam luce aggredi certum est. Me meae fortunae potius poeniteat quam victoriae pudeat. Ad haec illud quoque accedit, ut vigilias agant barbari et in armis stent, ut ne decipi quidem possint. Itaque ad proelium vos parate. Sic incitatos ad corpora curanda dimisit.

Battle of Gaugamela.

213.—Prima luce duces ad praetorium frequentes coeunt. Tum rex a Parmenione excitatus signum pugnae tuba dari iussit.

Acie conserta currus hostium in Macedonas invecti magnam
stragem edidere, neque multum abfuit quin eo die Darius de
Alexandro triumpharet. Sed fortissime a Graecis resistebatur,
hortantibus ducibus ne primo impetu funderentur, neu speratam
praedam dimitterent. Curru Darius, Alexander equo vehebatur;
utrumque delecti tuebantur sui immemores, nam amisso rege nec
volebant salvi esse nec poterant. Crudescente pugna, qui circa
Alexandrum erant, vidisse se crediderunt paululum super caput
regis placide volantem aquilam, non sono armorum non gemitu
morientium territam. Certe vates Aristander alba veste indutus
et dextra praeferens lauream militibus avem monstrabat, haud
dubium victoriae auspicium. Ingens ergo alacritas et fiducia
paulo ante territos accendit ad pugnam. Iamque non pugna
sed caedes erat, cum Darius currum suum in fugam vertit.

Narrow Escape of Alexander.

214.—Neque ullum eo die maius periculum adiit Alexander
quam dum copias in castra reducit. Pauci eum et incompositi
sequebantur, ovantes victoria, nam omnes hostes aut in fugam
effusos aut in acie cecidisse credebant, cum repente ex adverso
apparuit agmen equitum, qui primo inhibuere cursum, deinde
Macedonum paucitate conspecta, turmas in obvios concitaverunt.
Ante signa rex ibat, dissimulato magis periculo quam spreto.
Nec defuit ei perpetua in dubiis rebus felicitas : namque praefectum equitum avidum certaminis et ob id ipsum incautius in
se ruentem hasta transfixit ; quo ex equo lapso proximum ac
dein plures eodem telo confodit. Invasere turbatos amici
quoque : nec Persae inulti cadebant. Tandem barbari, cum
obscura luce tutior fuga videretur esse quam pugna, in tutum se
recepere. Quod periculum feliciter eluctatus rex suos in castra
incolumes reduxit.

215.—Inde Babylona urbem ditissimam pulcherrimamque contendit. Quo ubi perventum est, Mazaeus e Darii ducibus qui ex acie eo confugerat, cum adultis liberis supplex occurrit, urbem seque ipsum dedens. Et magna pars civium constiterat in muris avida cognoscendi novi regis: plures obviam egressi sunt. Totum iter floribus constraverunt, argenteis altaribus utroque latere dispositis, quae non ture modo sed omnibus odoribus cumulaverant. Dona sequebantur greges pecorum equorumque, leones quoque et pardales caveis praeferebantur. Magi deinde suo more carmen canentes, post hos non vates modo sed etiam artifices cum fidibus, equites deinde Babylonii ultimi ibant. Rex armatis stipatus oppidanorum turbam post ultimos pedites ire iussit: ipse cum curru urbem ac deinde regiam intravit. Postero die supellectilem Darii et omnem pecuniam recognovit.

The Walls and the Hanging Gardens.

216.—Ceterum urbis pulchritudo ac vetustas non regis modo, sed etiam omnium oculos in se convertit. Semiramis eam condiderat, non, ut plerique credidere, Belus, cuius regia ostenditur. Murus altissimus et latissimus amplectitur; quadrigae inter se occurrentes sine periculo commeare dicuntur. Super arcem pensiles horti sunt summam murorum altitudinem aequantes multarumque arborum umbra et proceritate amoeni. Saxo pilae, quae totum onus sustinent, instructae sunt: super pilas lapide quadrato solum stratum est, patiens terrae, quam altam iniiciunt, et humoris, quo rigant terram. Id opus regem aliquem antiquitus esse molitum memoriae proditum est, amore coniugis victum, quae desiderio nemorum silvarumque virum compulit amoenitatem naturae eiusmodi opere imitari.

Susa.

217.—Cum aliquamdiu Babylone commoratus esset rex Susa contendit. Ut vero urbem intravit incredibile ex thesauris pondus auri argentique egessit, multi enim reges has tantas opes cumulaverant posteris, quas una hora in externi regis manus intulit. Consedit deinde in regia sella multo excelsiore quam pro habitu corporis. Itaque cum pedes imum gradum non contingerent, unus e militibus mensam subdidit pedibus. Quod cum fecisset servumque, qui Darii fuerat, ingemiscentem conspexisset rex, causam maestitiae quaesivit. Ille contra, Darium vesci in ea solitum, seque sacram mensam ad ludibrium versam sine lacrimis conspicere non posse. Subiit ergo regem verecundia violandi hospitales deos; iamque subduci iubebat, cum Philotas unus e ducibus: Minime vero haec feceris, rex, sed omen quoque accipe, mensam, ex qua libavit hostis epulas, tuis pedibus esse subiectam.

Alexander's Feast.

218.—Postea in Persidem contendenti obviam factis hostibus acriter resistendum fuit, viarum necnon difficultates exsuperandae. Quibus in periculis idem semper animus, eadem constantia regi fuit, quem omnes mirabundi non ducis modo sed etiam militis munera quotidie obeuntem conspiciebant. Ceterum illam indolem, illam in subeundis periculis virtutem, in deditos fidem, in captivos clementiam, haud tolerabili vini cupiditate foedavit. Et inter alia flagitia, Persepolim caput Persidis cum regia Darii, suadente Thaide, puella cuius amore deperibat, per vinolentiam igne concremavit. Forte omnes mero incaluerant, et cum petisset Thais ut Graeciam ulcisceretur incensa regia, primus rex ignem domo iniecit, deinde surgunt temulenti omnes ad incendendam urbem cui armati pepercerant.

Plots against Darius.

219.—Inde Alexander ubi novorum e Cilicia militum, quibus praeerat Platon Atheniensis, supplementum accepit, Darium persequi statuit. Is iam tum Ecbatana pervenerat, Bactra deinde adire in animo habebat. Bessus autem et Nabarzanes, qui e ducibus erant, inauditi antea facinoris societate inita, regem suum per milites, quibus praeerant, comprehendere et vincire constituerunt, eo consilio, ut, si Alexander ipsos insecutus foret, tradito rege vivo, inirent gratiam victoris, magni profecto cepisse Darium aestimaturi : sin autem eum effugere potuissent, interfecto Dario, regnum ipsi occuparent bellumque renovarent.

A treacherous Proposal.

220.—Quod parricidium cum diu volutassent, Nabarzanes, Scio me, inquit, o rex, sententiam nequaquam gratam dicturum esse. Sed medici quoque graviores morbos asperis remediis curant, et gubernator, ubi naufragium timet, iactura, quicquid servari potest, redimit. Auspicium et imperium interim alii trade, qui tamdiu rex appelletur, donec Asia decedat hostis, victor deinde regnum tibi reddat. Proinde, Bactra, quod tutissimum receptaculum est, petamus, praefectum regionis eius Bessum regem statuamus : is compositis rebus imperium tibi restituet. Quibus auditis Darius ira infensus stricto gladio in Nabarzanem impetum fecit, qui e periculo elapsus cum Besso idem consilii agit. Neque enim vi uti audebant, Persas veriti, quorum omnium eadem fere fuit vox, nefas esse deseri regem.

Death of Darius.

221.—Brevi autem post coniurati ubi Darium comprehensum in sordidum vehiculum pellibus undique contectum imposuerunt, aureisque compedibus vinxerunt, in fugam se contulerunt. Qua de re certior factus Alexander suos sequi iubet. Bessus vero et ceteri facinoris eius participes Darium coeperunt hortari ut conscenderet equum et se hosti eriperet. Ille deos ultores adesse testatus, Alexandri fidem implorans, negat se parricidas velle comitari. Tum vero ira quoque accensi tela coniiciunt in regem multisque confossum vulneribus relinquunt. Alexander autem hostium trepidatione comperta equites ad inhibendam fugam mittit, ipse cum ceteris sequitur. Fit strages fugientium; multi necnon capti pecudum more agebantur, iubente rege ut caedibus abstineretur. Idem Darii cadaver regiis honoribus sepeliendum curavit.

Alexander's Address to his Army.

222.—Postea Alexander convocatos milites in hunc modum contionatus est. Magnitudinem rerum, quas gessimus, milites, intuentibus vobis minime mirum est et desiderium quietis et satietatem gloriae occurrere. Sed et alii supersunt hostes. Sicut in corporibus aegris nihil quod nociturum est medici relinquunt, sic nos, quicquid obstat imperio recidamus. Parva saepe scintilla contempta magnum excitavit incendium. Itaque Bessum, qui dominum crudelissime obtruncavit, idem in praesentia minitatur nobis, insectemur, ne cum fructum parricidii percipiat tum Graecis passim noceat. Summa militum alacritate iubentium quocunque vellet duceret oratio excepta est.

Crossing of the Caucasus.

223.—Post gentes aliquot perdomitas, seditionibus necnon in exercitu compressis, cum de reis poenas sumpsisset Alexander ad Caucasum contendit. Quo in itinere multa militibus toleranda erant, nives insolitae altitudinis, frigus, defatigatio, commeatuum denique inopia. Multos exanimavit rigor nivis, multorum adussit pedes, multos excaecavit. Nam fatigati saepe in ipso gelu deficientia corpora sternebant; quae cum moveri desissent, vis frigus ita adstringebat ut rursus ad surgendum conniti non possent. A commilitonibus torpentes excitabantur, neque aliud remedium erat quam ut ambulare cogerentur. Tum demum, vitali calore moto, membris aliquis redibat vigor. Rex agmen circumibat pedes, iacentes quosdam erigens et alios, cum aegre sequerentur, adminiculo corporis sui excipiens. Tandem ad loca cultiora perventum est, commeatuque largo recreatus exercitus. Inde agmen processit ad Caucasum montem, cuius dorsum Asiam perpetuo iugo dividit; hunc septemdecim dierum spatio summa difficultate superavit.

Bessus's plans.

224.—At Bessus Alexandri celeritate perterritus, diis patriis sacrificio rite facto, sicut illis gentibus mos est, cum amicis ducibusque copiarum inter epulas de bello consultabat. Graves mero suas vires extollere, hostium nunc temeritatem nunc paucitatem spernere incipiunt. Praecipue Bessus, ferox verbis et parto per scelus regno superbus ac vix potens mentis, dicere orditur, socordia Darii crevisse hostium famam. Occurrisse enim in Ciliciae angustissimis faucibus, cum retrocedendo posset perducere incautos in loca naturae situ invia, tot fluminibus obiectis, tot montium latebris, inter quas deprehensus hostis ne fugae quidem, nedum resistendi occasionem fuerit habiturus. Sibi placere in Sogdianos recedere, Oxum amnem velut murum obiecturum hosti, dum ex finitimis gentibus valida auxilia concurrerent. Venturos autem Scythas quorum neminem adeo humilem esse ut humeri eius non possent Macedonis militis verticem aequare. Conclamant temulenti unam hanc sententiam salubrem esse, et Bessus circumferri merum largius iubet, Alexandrum super mensam debellaturus.

A Duel.

225.—Interea ad Alexandrum adversus Bessum contendentem, quae duces sui contra Arios barbaram gentem gesserint nuntius perfertur. Commisso proelio Satibarzanem, qui barbaris prae-esset, cum ancipiti Marte pugnari vidisset, in primos ordines adequitasse demptaque galea, inhibitis qui tela iacerent, siquis viritim dimicare vellet provocasse ad pugnam : nudum se caput in certamine habiturum. Neque tulisse feroces barbari minas Erygyium ducem Macedonum, qui ut gravis aetate ita et animi et corporis robore nulli iuvenum postferendus esset. Eum galea dempta exclamasse, Venit dies, quo aut victoria aut morte honestissima quales milites habeat Alexander ostendam. Nec plura locutum equum in hostem egisse, eundem uno ictu tru-cidasse. Tum barbaros duce amisso quem magis coacti quam sponte sua secuti essent, arma Erygyio tradidisse. Quibus nuntiatis rex Bessum persequens copias movit, cui Erygyius spolia barbari, opimum belli decus, praeferens occurrit.

The March through the Desert.

226.—Inde apud Bactrianos impedimentis cum praesidio relictis, ipse cum expedito agmine loca deserta Sogdianorum intrat, nocturno itinere exercitum ducens. Aquarum penuria prius desperatione quam desiderio bibendi sitim accendit, cum per quadringenta stadia ne modicus quidem humor existeret. Arenas vapor aestivi solis accendit ; quae ubi flagrare coeperunt, haud secus quam continenti incendio cuncta torrentur. Caligo deinde immodico terrae fervore excitata lucem tegit, camporumque non alia quam vasti et profundi aequoris species est. Nocturnum iter tolerabile videbatur, quia rore et matutino frigore corpora levabantur. Ceterum cum ipsa luce aestus oritur, omnemque humorem absorbet siccitas : ora visceraque penitus uruntur.

227.—Itaque primum animi, deinde corpora deficere coeperunt. Pigebat et consistere et progredi. Pauci a peritis regionis admoniti praeparata aqua paulisper repressere sitim, deinde crescente aestu rursus desiderium aquae accensum est. Itaque, quicquid vini oleique erat, id oribus ingerebatur, tantaque dulcedo bibendi fuit, ut in posterum sitis non timeretur. Graves deinde avide hausto liquore non sustinere arma, non ingredi poterant. Anxium regem tantis malis circumfusi amici ut meminisset sui orabant : animi sui magnitudinem unicum remedium deficientis exercitus esse. Interim ex his qui praecesserant ad capiendum locum castris duo occurrunt, utribus aquam gestantes, ut filiis, qui in agmine erant, subvenirent. Qui cum in regem incidissent, alter ex iis utre resoluto vas quod simul ferebat impletum regi porrigit. Ille accipit ; tum percontatus quibus aquam portarent, filiis ferre cognoscit. Tunc poculo pleno sicut oblatum erat reddito, Nec solus, inquit, bibere possum nec tam exiguum dividere omnibus. Vos currite et liberis vestris, quod propter illos attulistis, date.

The Crossing of the Oxus.

228.—Cum tandem ad flumen Oxum perventum esset, in edito monte rex ignes fieri iubet, ut ii qui aegre sequebantur haud procul castris se abesse cognoscerent. Eos autem qui primi agminis erant cibo ac potu firmatos, implere alios utres, alios vasa, quibuscunque aqua portari posset, ac suis opem ferre iussit. Sed qui intemperantius hauserunt intercluso spiritu exstincti sunt, multoque maior horum numerus fuit, quam ullo amiserat proelio. Postridie eius diei sollicitum regem distinebant curae, quia nec navigia habebat nec pons erigi poterat, circum amnem nudo solo neque materiem suppeditante. Haerebat rex neque quid fieri oporteret sciebat. Utres tandem quam plurimos stramentis refertos militibus dividit. His incubantes transnavere amnem, quique primi transierant in statione erant dum traiicerent ceteri. Hoc modo sexto demum die in ulteriore ripa totum exercitum exposuit.

Surrender of Bessus.

229.—Dum haec geruntur Spitamenes, cui ex amicis praecipue confidebat Bessus, cum Dataphernem et Catenem, qui et ipsi valde a Besso diligebantur, socios facinoris fecisset, pergit ad Bessum, et remotis arbitris comperisse ait se insidiari ei Dataphernem et Catenem : a semet occupatos esse et vinctos teneri. Quos cum adduci Bessus iussisset, truci vultu intuens consurgit, manibus non temperaturus. Tum illi circumsistunt eum et frustra repugnantem vinciunt, direpta ex capite corona lacerataque veste quam e spoliis occisi regis induerat. Multitudo an vindicatura Bessum fuerit, incertum est, nisi illi qui vinxerant, iussu Alexandri fecisse se ementiti, dubios adhuc animos terruissent. In equum impositum Alexandro tradituri ducunt. Rex collaudato Spitamene supplicium distulit ut eo loco, in quo Darium ipse occiderat, necaretur.

Speech of the Scythian Ambassador.

230.—Postea cum ad flumen Tanaim perventum esset, legati Scytharum more gentis per castra equis vecti nuntiari iubent regi, velle se ad eum mandata perferre. Quibus in regis tabernaculum introductis, unus ex his in hunc modum locutus esse dicitur. Si dii habitum corporis tui aviditati animi parem dedissent, orbis te non caperet : altera manu orientem, altera occidentem contingeres : hoc assecutus, scire velles ubi tanti numinis fulgor conderetur. Sic quoque concupiscis quae non capis. Ab Europa petis Asiam ; ex Asia transis in Europam : deinde, si humanum genus omne superaveris, cum silvis et nivibus et fluminibus ferisque bestiis gesturus es bellum.

Be warned in time.

231.—Quid ? tu ignoras, arbores magnas diu crescere, una hora extirpari ? Stultus est qui fructus earum spectat, altitudinem non metitur. Vide, ne, dum ad cacumen pervenire contendis, cum ipsis ramis, quos comprehenderis, decidas. Leo quoque aliquando minimarum avium pabulum fuit, et ferrum rubigo consumit. Nihil tam firmum est, cui periculum non sit etiam ab invalido. Quod nobis tecum est ? Nunquam terram tuam attigimus. Qui sis, unde venias, licetne ignorare in vastis silvis viventibus ? Neque cuiquam servire possumus nec imperare in animo est. Dona nobis data sunt—ne Scytharum gentem ignores—iugum boum et aratrum, hasta, sagitta, patera. His utimur et cum amicis et adversus inimicos. Fruges amicis damus, boum labore quaesitas: patera cum iisdem vinum diis libamus : hostes sagitta eminus, hasta cominus petimus. Sic Syriae regem et postea Persarum Medorumque superavimus, patuitque iter nobis usque in Aegyptum.

Beware of Covetousness.

232.—At tu, qui te gloriaris ad latrones persequendos venire, omnium gentium, quas adisti, latro es. Lydiam cepisti, Syriam occupasti, Persidem tenes, Bactrianos habes in potestate, Indos petisti ; iam etiam ad pecora nostra avaras et insatiabiles manus porrigis. Quid tibi divitiis opus est, quae te esurire cogunt ? Primus omnium satietate parasti famem, ut, quo plura haberes, acrius, quae non habes, cuperes. Non succurrit tibi, quamdiu circum Bactra haereas ? dum illos subigis, Sogdiani bellare coeperunt. Bellum tibi ex victoria nascitur. Nam ut maior fortiorque sis quam quisquam, tamen alienigenam dominum pati vult nemo.

H

We are Dangerous Enemies but Useful Friends.

233.—Transi modo Tanaim : scies quam late pateant fines nostri, nunquam tamen consequeris Scythas. Paupertas nostra velocior erit quam exercitus tuus qui praedam tot nationum vehit. Rursus, cum procul abesse nos credes, videbis in tuis castris, eadem enim velocitate et sequimur et fugimus. Proinde fortunam tuam pressis manibus tene ; lubrica est nec invita teneri potest. Salubre consilium sequens quam praesens tempus ostendit melius. Denique, si deus es, tribuere mortalibus beneficia debes, non eripere : sin autem homo es, id quod es, semper esse te cogita. Quibus bellum non intuleris, bonis amicis poteris uti. Quos viceris, amicos tibi esse cave credas : inter dominum et servum nulla amicitia est. Utrum imperio tuo finitimos hostes an amicos velis esse considera.

Crossing of the Jaxartes and Defeat of the Scythians.

234.—Contra rex fortuna sua et consiliis eorum se usurum esse respondet: nam et fortunam, cui confidat, et consilium suadentium nequid temere et audacter faciat, secuturum. Tum ratibus ad id praeparatis, frustra resistente hoste, exercitum traducit. Rex inter primos in ulteriorem ripam escendit, dato negotio ducibus, ut reliquos quam primum subsidio sibi submitterent. Cum aliquamdiu cominus pugnatum esset, hostes fugam capessunt. Cuius victoriae fama cum percrebuisset, Sacae legatos misere qui pollicerentur gentem imperata facturam. Moverat eos regis non virtus magis quam clementia in devictos ; captivos enim omnes sine pretio remiserat, ut fidem faceret sibi cum ferocissimis gentium de fortitudine non de ira fuisse certamen.

Murder of Clitus.

235.—Massagetis, Dahis, Sogdianis subactis, Scythae sui regis filiam Alexandro coniugem offerunt. Et cum barbaris venabatur

rex in silvis : quae nemora muris cinguntur turresque habent
venantium receptacula. Quatuor continuis aestatibus intactum
saltum rex cum toto exercitu ingressus feras agitari iussit,
leonem necnon eximia magnitudine uno ictu ipse occidit. Tum
quatuor milibus ferarum deiectis in eodem saltu epulatus est.
Inde Maracanda regressus epulas in honorem Cliti, quem unice
diligebat, exhibuit. Quo in convivio rex cum multo incaluisset
mero, immodicus aestimator sui celebrare ea quae gesserat,
coepit. Tum Clitus Philippum laudibus efferre, eundem Alexandro anteponere, et ipse per vinolentiam observantiae erga
regem oblitus. Is ira infensus, cuius alioquin impotens erat, in
Clitum impetum fecit; tum cohibentibus qui epulis aderant
occasionem opperiebatur. Brevi spatio interiecto Clitum ex
aedibus egredientem hastili confodit.

Alexander's Grief.

236.—Inde excussa ebrietate, sero demum tanti sceleris
poenitere regem, qui ubi prima luce ante aedes cadaver amici
afferri iussit, scissa veste, ore unguibus laniato, diu effusis lacrimis
gemebat. Vivendum esse sibi in solitudine more ferae, terrentis
alias, alias timentis. Illam nutrici suae gratiam rettulisse, cuius
duo filii pro sua gloria in acie dimicantes occidissent; illum
fratrem, unicum orbitatis solatium, a se inter epulas occisum.
Quo se converti miseram posse? sese interfecto amico ita in
patriam reversurum ut ne dextram quidem nutrici sine memoria
calamitatis offerre posset. Inde triduum iacuit inclusus. Quem
ut armigeri ad moriendum obstinatum esse cognoverunt, universi
in aedes irrumpunt, diuque precibus reluctatum aegre vicerunt
ut cibum caperet. Quoque minus caedis puderet, iure interfec-
tum decernunt, sepultura quoque prohibituri ni rex humari
iussisset.

Alexander's Kindness to a Soldier.

237.—Postea rex exercitum ex hibernis movit, ut regionem, quae Gabaza appellatur, adiret. Quo in itinere nimia vi frigoris paene opprimuntur milites, spem salutis abiecturi, ni rex laborantes cohortatus ita animos confirmasset ut novis receptis viribus in mitiorem regionem se reciperent. Et forte Macedo gregarius miles aegre se et arma sustentans in castra pervenerat. Quo viso rex, quanquam ipse tum maxime admoto igne refovebat artus, e sella exsiluit torpentemque militem et vix compotem mentis demptis armis in sua sede iussit considere. Ille diu nec ubi requiesceret nec a quo esset exceptus agnovit. Tandem recepto calore ut regiam sedem regemque vidit, territus surgit. Quem intuens Alexander, Ecquid intelligis, miles, inquit, quanto meliore sorte quam Persae sub rege vivatis? Illis enim in sella regis consedisse capital foret, tibi saluti fuit.

Notes on India.

238.—Inde Alexander in Indiam contendit, semper bello quam post victoriam clarior. Ea terra lini ferax est: inde plerisque sunt vestes. Libri arborum, teneri haud secus quam chartae, literarum notas capiunt. Aves ad imitandum humanae vocis sonum dociles sunt. Animalia inusitata ceteris gentibus, nisi invecta. Eadem terra rhinocerotas alit, non generat. Elephantorum maior est vis quam quos in Africa domitant: et viribus magnitudo respondet. Aurum flumina vehunt, quae leni modicoque lapsu segnes aquas ducunt. Gemmas margaritasque mare litoribus infundit. Ingenia hominum, sicut ubique, apud illos quoque locorum situs format. Corpora usque ad pedes carbaso velant, soleis pedes, capita linteis vinciunt: lapilli ex auribus pendent: brachia quoque et lacertos auro colunt, quibus inter populares aut nobilitas aut opes eminent. Capillum pectunt saepius quam tondent: mentum semper intonsum est; reliquam oris cutem ad speciem levitatis exaequant.

The Luxury of Indian Kings.

239.—Cum rex semet in publico conspici patitur, turibula argentea ministri ferunt, totumque iter odoribus complent. Aurea lectica, margaritis circumpendentibus, recubat: distincta sunt auro et purpura carbasa quae indutus est: lecticam sequuntur armati corporisque custodes, inter quos in ramis aves pendent, quas cantu seriis rebus obstrepere docuerunt. Regia auratas columnas habet: totas eas vitis auro caelata percurrit, aviumque, quarum visu maxime gaudent, argenteae effigies opera distinguunt. Regia adeuntibus patet, cum rex capillos pectit atque ornat: tunc responsa legationibus, tunc iura popularibus reddit. Demptis soleis, odoribus illinuntur pedes. Venatus maximus labor est, inclusa animalia inter vota cantusque assentatorum figere. Breviora itinera equo conficit: longior ubi expeditio est, elephanti vehunt currum, et tantarum beluarum corpora tota contegunt auro.

Customs and Seasons.

240.—Quis credat inter haec vitia curam esse sapientiae? Unum agreste et horridum genus est, quos sapientes vocant. Apud hos occupare fati diem pulchrum, et vivos se cremari iubent, quibus aut segnis aetas aut incommoda valetudo est: expectatam mortem pro dedecore vitae habent. Nec ullus corporibus, quae senectus solvit, honos redditur: inquinari putant ignem nisi qui spirantes recepit. Illi qui in urbibus publicis moribus degunt, siderum motus scite spectare dicuntur et futura praedicere. Nec quenquam admovere leti diem credunt, cui exspectare interrito liceat. Deos putant, quicquid colere coeperunt, arbores maxime, quas violare capital est. Menses in

quinos denos descripserunt dies, anni plena spatia servantur.
Lunae cursu notant tempora, non ut plerique, cum orbem sidus
implevit, sed cum se curvare coepit in cornua, et idcirco breviores
habent menses qui spatium eorum ad hunc lunae modum dirigunt.

Invasion of India.

241.—Alexandro fines Indiae ingresso reguli nonnulli occurrerunt imperata facturi, illum tertium Iove genitum ad se pervenisse
memorantes : patrem Liberum atque Herculem fama cognitos
esse, ipsum coram adesse cernique. Rex benigne exceptos sequi
iussit, iisdem itinerum ducibus se uti velle dixit. Ceterum cum
amplius nemo obviam fieret, Hephaestionem et Perdiccam cum
copiarum parte praemisit ad subigendos qui aversarentur imperium : iussitque ad flumen Indum procedere et navigia facere
quis in ulteriorem ripam transportari posset exercitus. Illi quia
plura flumina superanda erant, sic iunxere naves, ut solutae
plaustris vehi possent rursusque coniungi.

Severity shewn to all who resist.

242.—Post se Cratero cum phalange iusso sequi, equitatum
et levem armaturam eduxit eosque qui occurrerant levi proelio
in urbem proximam compulit. Iam supervenerat Craterus ;
itaque ut principio terrorem incuteret genti nondum arma Macedonum expertae, praecipit ne cui parceretur, munimentis urbis,
quam obsidebat, incensis. Cuius urbis dum obequitat moenibus,
sagitta ictus est ; oppidum tamen cepit et omnibus eius incolis
trucidatis, etiam in tecta saeviri iussit, ita Indos facilius suae
ditionis facturum sese ratus, si palam fecisset quanta crudelitate
in reluctantes usurus esset. Inde Nysam urbem in deditionem
'accepit, abstineri caedibus iussit.

Revels in honour of Bacchus.

243.—Postea rex montem quendam Libero sacrum praemissis commeatibus ascendit. Multa hedera vitisque toto gignitur monte : multae perennes aquae manant. Pomorum quoque varii salubresque suci sunt, sua sponte fortuitorum seminum fruges humo nutriente. Lauri baccarisque multa in illis rupibus agrestis est silva. Credo equidem, non divino instinctu, sed lascivia esse provectos, ut passim hederae ac vitium folia decerperent redimitique fronde toto nemore similes bacchantibus vagarentur. Vocibus ergo tot milium praesidem nemoris eius deum adorantium iuga montis collesque resonabant, cum orta licentia a paucis, ut fere fit, in omnes se repente vulgasset, nam velut in media pace per herbas prostravere corpora. Et rex fortuitam laetitiam non aversatus, large ad epulas omnibus praebitis, per decem dies Libero Patri operatum habuit exercitum. Quis neget eximiam quoque gloriam saepius fortunae quam virtutis esse beneficium ? nam ne epulantes quidem et sopitos mero aggredi ausus est hostis, haud secus bacchantium ululantiumque fremitu perterritus quam si proeliantium clamor esset auditus.

Capture of a Mountain Fastness.

244.—Inde post oppida nonnulla suae ditionis facta arcem in clivo praecipiti abruptoque (locum Aornin vocant), a barbaris teneri certior factus, eo summa alacritate contendit. Hanc arcem ab Hercule frustra obsessam esse eundemque terrae motu coactum obsidione desistere fama vulgaverat. Quo ubi perventum est, Alexander suos ad oppugnandam arcem duxit. Inde locum praerupto aditu adorientes barbari telis saxisque obruunt, promptissimum quemque deturbant, regemque ipsum ad fastigium clivi evadentem vulnerant. Is tot suorum strage commotus cum receptui cani iussisset, itinera obsidere et turres admovere iussit.

Cuius pertinacia exterriti Indi noctu per ignotos calles in fugam
se receperunt. Rex locorum magis quam hostium victor sacrificia in honorem deorum fecit.

A friendly King.

245.—Hinc ad flumen Indum sextis decimis castris pervenit.
Regnabat in ea regione Omphis, qui patri quoque fuerat auctor
dedendi regni Alexandro, et post mortem parentis legatos
miserat, qui consulerent eum, utrum regnare se interim vellet, an
privatum opperiri eius adventum. Itaque venienti obviam cum
armato exercitu egressus est : elephanti quoque per modica
intervalla militum agmini immixti procul castellorum speciem
fecere. Ac primo Alexander non socium sed hostem adventare
ratus signum pugnae dedit. At Indus, cognito Macedonum
errore, solus regi obviam factus, quid suae sententiae sit, exponit.
Quibus auditis rex laetus dextram fidei pignus dedit, regnum
restituit. Omphis, permittente Alexandro, et regium insigne
sumpsit, et more gentis suae nomen quod patris fuerat : Taxilen
appellavere populares, sequente nomine imperium, in quemcumque transiret.

Porus resolves to resist.

246.—Postea regem cui nomen Poro esset in armis esse certior
factus, rex nuntios misit qui denuntiarent ei ut stipendium penderet, et in primo suorum finium aditu occurreret Alexandro.
Porus alterum ex his facturum sese respondit : intranti regnum
suum praesto fore, sed armatum. Mox ad amnem Hydaspen
perventum est, cuius in ulteriore ripa Porus consederat, transitu
prohibiturus hostes. Magnae etiam equitum peditumque copiae
in acie stabant, cum magna vi elephantorum. Porum vehebat
elephantus, super ceteras beluas eminens, armaque auro et

argento distincta corpus rarae magnitudinis honestabant. Par animus robori corporis, et, quanta inter rudes poterat esse, sapientia.

Difficulty of crossing the River.

247.—Macedonas non conspectus hostium solum, sed etiam fluminis, quod transeundum erat, magnitudo terrebat: quatuor in latitudinem stadia diffusum, profundo alveo, et nusquam vada aperiente, speciem vasti maris fecerat. Nec pro spatio aquarum late stagnantium impetum coercebat, sed, quasi in artum coeunti- bus ripis, torrens ferebatur, occultaque saxa inesse ostendebant pluribus locis undae repercussae. Terribilior erat facies ripae, quam equi virique compleverant. Stabant ingentes vastorum corporum moles et de industria irritatae horrendo stridore aures fatigabant. Hinc amnis hinc hostis pectora Macedonum impro- viso pavore percutere, nam, quod ratium praesto erat, id nec dirigi ad ripam nec tuto applicari posse credebant.

Alexander crosses the River unobserved.

248.—Alexander inops consilii tandem ad fallendum hostem dolo uti constituit. Erat in flumine insula silvestris et tegendis insidiis apta. Itaque cum se cum aliquot suorum post eam occultasset, ducibus imperavit ut alio in loco suos hostibus osten- derent, quasi flumen transnaturi forent. Quo cum se recepisset Porus, doli ignarus, ipse clam flumen traiecit, arma capere milites et ire in ordines iussit. Quod ubi sensit Porus suos adversus Alexandrum duxit. Macedonas non beluarum modo, sed etiam ipsius regis aspectus parumper inhibuit. Itaque Alexander con- templatus et regem et aciem Indorum, Tandem, inquit, par animo meo periculum video. Cum bestiis simul et cum egregiis viris res est. Intuensque Coenon, Cum ego, inquit, in laevum hostium cornu, impetum fecero, ipse dextrum move et turbatis signa infer.

Hastae nostrae praelongae et validae non alias magis quam adversus beluas rectoresque earum usui esse poterunt : deturbate eos qui vehuntur, et ipsas confodite. Anceps genus auxilii est et in suos acrius furit. In hostem enim imperio, in suos pavore agitur.

Defeat of Porus.

249.—Haec elocutus concitat equum primus, iamque, ut constitutum erat, ordines hostium invaserat, cum Coenus ingenti vi in laevum cornu invehitur. Phalanx quoque mediam Indorum aciem uno impetu perrupit. Acriter tamen ab hoste resistebatur, magnum beluis iniicientibus terrorem, insolito stridore non equos modo, tam pavidum ad omnia animal, sed viros quoque ordinesque turbante. Quo in discrimine rerum Alexander levem armaturam emisit in beluas, dato negotio ut vulneribus eas territarent irritarentque, ita modo de Poro triumphari posse ratus si dolore efferati elephanti in suos conversi essent. Neque praeceptorum immemor miles beluas hastis confodere, pedes necnon amputare coepit. Ergo elephanti vulneribus tandem fatigati in fugam se recipere, et quicquid obviam fieret pedibus obterere. Fit strages barbarorum : rex ipse Porus capitur.

Interview between the Kings.

250.—Quem Alexander ut vidit, non odio sed miseratione commotus, Quae, malum, inquit, amentia te cogit, rerum mearum cognita fama, belli fortunam experiri, cum Taxiles esset in deditos clementiae meae tam propinquum tibi exemplum ? Contra Porus, quoniam ille percontaretur, responsurum sese ea libertate quam interrogando fecisset. Neminem se fortiorem censuisse ; suas enim novisse vires nondum expertum illius ; fortiorem illum belli eventum docuisse. Rursus interrogatus, quid ipse victorem statuere debere censeret, Quod hic, inquit, dies tibi suadet, quo expertus es, quam caduca felicitas esset. Plus monendo profecit, quam si precatus esset, nam Alexander magnitudinem animi eius interritam ac ne fortuna quidem fractam non misericordia modo, sed etiam honore excipere dignatus, aegrum curavit haud secus quam si pro ipso pugnasset : confirmatum in amicorum numero recepit, mox donavit ampliore regno quam tenuit.

Alexander congratulates his Troops.

251.—Alexander tam memorabili victoria laetus, qua sibi orientis fines apertos esse censebat, soli victimis caesis, milites quoque, quo promptioribus animis reliqua belli munia obirent, pro concione laudatos docuit, quicquid Indis virium fuisset, illa dimicatione prostratum : cetera opimam praedam fore, celebratasque opes eminere in ea regione quam peterent. Proinde iam vilia et obsoleta esse spolia de Persis : gemmis margaritisque et auro atque ebore Macedoniam Graeciamque, non suas tantum domos, repletum iri. Qua concione ita militum animos avidos pecuniae et gloriae erexit, ut libenter operam pollicerentur : quas in regiones ille ducturus esset, in easdem se summo studio secuturos, quos nunquam spe victoriae praedaeque fefellisset. Ita cum bona spe dimissis militibus, navigia exaedificari iussit, ut, cum totam Asiam percurrisset, finem terrarum, mare, viseret.

Banyan Trees and poisonous Serpents.

252.—Inde devicto Poro et amne superato ad interiora Indiae processit. Silvae erant prope in immensum spatium diffusae procerisque et in eximiam altitudinem editis arboribus umbrosae. Plerique rami instar ingentium stipitum flexi, in humum rursus, qua se curvaverant, erigebantur, adeo ut species esset non rami resurgentis, sed arboris ex sua radice generatae. Caeli temperies salubris; nam et vim solis umbrae levant et aquae largae manant e fontibus. Ceterum hic quoque serpentium magna vis erat, squamis fulgorem auri reddentibus. Virus haud ullum magis noxium est: morsum enim praesens mors seque-batur, donec ab incolis remedium oblatum est.

Splendour of a native King.

253.—Post aliquot ex itinere proelia cum barbaris edita, in regnum Sopithis perventum est. Gens, ut barbari credunt, sapientia excellit bonisque moribus regitur. Huius gentis oppidum, cui Alexander admoverat copias, ab ipso Sopithe obtinebatur. Clausae erant portae, sed nulli in muris turribusque se armati ostendebant, dubitabantque Macedones, descruissent-ne urbem incolae an fraude se occulerent, cum subito patefacta porta, rex Indus cum duobus adultis filiis occurrit, multum inter omnes barbaros eminens corporis specie. Vestis erat auro purpuraque distincta, quae etiam crura velabat: aureis soleis inseruerat gemmas, lacerti quoque et brachia margaritis ornata erant. Pendebant ex auribus insignes candore et magnitudine lapilli. Baculum aureum berylli distinguebant: quo tradito, precatus ut sospes acciperet, se liberosque et gentem suam dedit.

Fighting Dogs.

254.—Nobiles ad venandum canes in ea regione sunt: latratu abstinere dicuntur visa fera, leonibus maxime infesti. Quorum vim ut ostenderet Alexandro, in conseptum leonem eximiae magnitudinis iussit emitti et quatuor omnino admoveri canes, qui celeriter feram occupaverunt. Tum ex his qui assueverant talibus ministeriis, unus canis leoni cum aliis inhaerentis· crus avellere et, quia non sequebatur, ferro amputare coepit: ne sic quidem pertinacia victa, rursus aliam partem secare institit et inde non segnius inhaerentem ferro subinde caedebat. Ille in

vulnere ferae dentes moribundus quoque infixerat, tantam in
illis animalibus ad venandum cupiditatem ingenerasse naturam
memoriae proditum est.

Complaints of the Troops.

255.—Inde ventum est in regionem Oxydracarum Mallor-
umque quos alias bellare inter se solitos tunc commune periculum
iunxerat. At Macedones qui omni discrimine iam defunctos se
esse crediderant, postquam integrum bellum cum ferocissimis
Indiae gentibus superesse cognoverunt, improviso metu territi
rursus seditiosis vocibus regem increpare coeperunt. Gangen
amnem et quae ultra essent coactum transmittere non tamen
finiisse, sed mutasse bellum. Indomitis gentibus obiectos sese ut
sanguine suo aperirent ei oceanum. Trahi extra sidera et solem
cogique adire quae mortalium oculis natura subduxerit. Novis
identidem armis novos hostes exsistere. Quos ut omnes fundant
fugentque, quod praemium se manere? caliginem scilicet ac
tenebras et perpetuam noctem profundo incubantem mari,
repletum immanium beluarum gregibus fretum, immobiles undas,
in quibus emoriens natura defecerit.

Alexander recalls them to a Sense of Duty.

256.—Rex contra non sua sed militum sollicitudine anxius,
concione advocata docet imbelles esse quos metuant. Nihil
deinde praeter has gentes obstare quo minus terrarum spatia
emensi ad finem simul mundi laborumque perveniant. Cessisse
se illis metuentibus Gangen et multitudinem nationum quae ultra
amnem essent : declinasse iter eo, ubi par gloria minus periculum
esset. Iam prospicere se oceanum, iam perflare ad eos auram
maris : ne inviderent sibi laudem quam peteret. Paterentur, se
ex India redire, non fugere. Quibus auditis, ut sunt mobili

ingenio milites, clamor ab exercitu est redditus iubentium, duceret diis secundis. Tum laetus rex ad hostes protinus castra movet.

A Hairbreadth Escape.

257.—Perventum deinde est ad oppidum, caput regni, in quod plerique confugerant, haud maiore fiducia moenium quam armorum. Admotis scalis rex in murum evadit, pugnam princeps ciet, sed scalis pondere ascendentium fractis, in mediis hostibus destituitur. Neque autem hoc casu exterritus in urbem praecipiti saltu se immisit, rem ausus incredibilem neque eatenus auditam. Brevi autem sagitta saucius cadit: itaque ad spoliandum corpus, qui vulneraverat, alacer gaudio accurrit. Quem ut iniicere corpori suo manus sensit rex, ultimi dedecoris indignitate commotus, linquentem revocavit animum et nudum hostis latus subiecto mucrone hausit. Interim Macedones summo studio dolabris perfracto muro irrumpunt. Non senibus non feminis non infantibus parcitur: quisquis occurrerat, ab illō vulneratum regem esse credebant. Cum tandem internecione hostium iustae irae parentatum esset, regem inter cadavera exanimem conspiciunt et in tutum reponunt.

A Successful Operation.

258.—Rege in tabernaculum relato medici lignum sagittae corpori infixum ne spiculum moveretur abscindunt. Corpore deinde nudato animadvertunt hamos inesse telo, nec aliter id sine pernicie corporis extrahi posse quam ut secando augerent. Rex cum affirmasset nihil opus esse iis qui semet continerent, sicut praeceptum erat, sine motu praebuit corpus. Itaque patefacto latius vulnere et spiculo evulso, ingens vis sanguinis manare coepit linquique animo rex et caligine oculis offusa veluti moribundus extendi. Cumque sanguinem manantem medicamentis frustra inhiberent, clamor simul atque ploratus amicorum oritur regem exspirasse credentium. Tandem constitit sanguis, paulatimque animum recepit, et circumstantes coepit agnoscere. Toto eo die ac nocte quae secuta est exercitus tabernaculum obsedit, nec prius recessit quam compertum est somno paulisper illum acquiescere.

Rest after Toil.

259.—Rex, septem diebus curato vulnere necdum obducta cicatrice, cum audiisset convaluisse apud barbaros famam mortis suae, duobus navigiis iunctis, statui in medium undique conspicuum tabernaculum iussit, ex quo se ostenderet periisse credentibus: conspectusque ab incolis spem hostium falso nuntio conceptam inhibuit. Secundo deinde amne defluxit, aliquantum intervalli a cetera classe praecipiens, ne quies corpori invalido adhuc necessaria pulsu remorum impediretur. Quarto, postquam navigare coeperat, die pervenit in regionem desertam quidem ab incolis, sed frumento et pecoribus abundantem. Placuit is locus et ad suam et ad militum requiem.

His Troops beg Alexander to be less venturesome.

260.—Mos erat nonnullis ex amicis excubare ante praetorium, quotiens adversa regi valetudo incidisset. Quos cum forte in cubiculum intrantes conspexisset, rex sollicitus ne quid novi afferrent, num hostium recens nuntiaretur adventus percontatur. Tum Craterus, cui mandatum erat ut amicorum preces perferret ad eum, in hunc modum verba fecit. Orare sese atque deprecari ne tot se periculis offerret. Quod si adhuc cum Dario dimicaret, etsi nemo vellet, tamen ne admirari quidem posse tam promptum eum esse ad omnia pericula obeunda: eius vero capite ignobilem vicum emi, quem laturum, non militum modo, sed ullius gentis barbarae civem, qui virtutem eius novisset? Ecquem mortuo

rege superstitem esse velle ?   Proinde memor precum suorum ne
pro vili mercede capitis periculum adiret.

Alexander's Reply.

261.—Iamque confusis vocibus flentes eum orabant ut tandem
exsatiatae laudi modum faceret ac saluti suae omniumque
parceret.   Grata erat regi pietas amicorum : itaque ubi singulos
amplexus considere iussit, grato se in illos animo esse profitetur,
neque preces spreturum.   Modo se ab intestina fraude insidiisque
praestarent securum ; belli Martisque discrimen impavidum
subiturum.   Philippum in acie tutiorem quam in theatro fuisse :
hostium manus saepe vitasse, suorum effugere non valuisse.
Aliorum quoque regum exitus si reputaverint, plures a suis
interemptos quam ab hoste inventuros.   Quibus dictis cum
amicos dimisisset, per complures dies ibidem stativa habuit, cum
ob infirmam valetudinem suam, tum quod fesso militi tempus ad
recreandos animos concedi debere existimabat.

A Duel between two Greeks.

262.—Erat in exercitu Dioxippus Atheniensis, pugil nobilis
et ob eximiam virtutem regi gratus.   Invidi malignique increpa-
bant saginati corporis sequi inutilem beluam : cum ipsi proelium
inirent, illum nonnisi epulis studere.   Eadem igitur in convivio
Horratas Macedo iam temulentus exprobrare ei coepit et
postulare, ut, si vir esset, postero die secum ferro decerneret :
regem tandem vel de sua temeritate vel de illius ignavia iudi-
caturum.   Et a Dioxippo contemptim militarem eludente
ferociam accepta condicio est.   Postero die ingens militum convenit multitudo : inter quos qui erant Graeci Dioxippo studebant.   Macedo iusta arma sumpsit, clipeum hastamque laeva
tenens, dextra lanceam, gladioque cinctus.   Dioxippus oleo

nitens et coronatus, laeva puniceum amiculum, dextra validum
nodosumque stipitem praeferebat. Itaque Macedo, haud dubius
eminus eum interfici posse, lanceam emisit: quam Dioxippus
cum vitasset, antequam ille hastam transferret in dextram, stipite
mediam fregit. Amisso utroque telo Macedo gladium coeperat
stringere, quem occupatum complexu Dioxippus in terram
deiecit pedemque super cervicem iacenti imposuit, occisurus
quoque, ni a rege prohibitus esset.

Military Engineering.

263.—Inde Praestorum diruta arce et omnibus captivis
venumdatis, Sambi regis fines ingressus est Alexander multisque
oppidis in fidem acceptis validissimam gentis urbem cuniculo
cepit. Barbaris simile monstri visum est, ignaris militarium
operum ; nam in media ferme urbe armati terra exsistebant,
nullo suffossi specus ante vestigio facto. Octoginta milia
Indorum in ea regione caesa Clitarchus est auctor, multosque
captivos sub corona veniisse.

A Victory won by Stratagem.

264.—Tum secundo amne pervenit ad oppidum quod in
regno erat Sambi. Nuper se ille dediderat, sed oppidani
detrectabant imperium et clauserant portas. Quorum paucitate
contempta rex quingentos e suis moenia subire iussit et sensim
recedentes elicere extra muros hostem. Milites, sicut imperatum
erat, lacessito hoste subito terga vertunt, quos barbari temere
insequentes in alios, inter quos ipse rex erat, incidunt. Redintegrato igitur proelio ex tribus milibus barbarorum sexcenti caesi
sunt, mille capti, ceteri moenibus urbis inclusi.

Poisoned Swords.

265.—Sed non, ut prima spe laeta victoria, ita eventu
quoque fuit, barbari enim veneno gladios tinxerant. Itaque

I

saucii subinde moriebantur, nec causa tam strenuae mortis excogitari poterat a medicis, cum etiam leves plagae insanabiles essent. Barbari autem speraverant incautum et temerarium regem excipi posse. Is forte inter promptissimos dimicans intactus evaserat. Praecipue Ptolemaeus, quem ex amicis potissimum diligebat, laevo humero leviter quidem saucius, sed maiore periculo quam vulnere affectus regis sollicitudinem in se converterat. Idem corporis custos promptissimusque bellator et pacis artibus quam militiae maior et clarior, modico civilique cultu, liberalis in primis adituque facili, nihil ex fastu regiae assumpserat.

The King's Dream.

266.—Ob haec regi an popularibus carior esset, dubitari poterat, nam non levior illis Ptolemaei fuit cura quam regi, qui et proelio et sollicitudine defessus cum Ptolemaeo assideret, lectum, in quo ipse aliquid somni caperet, inferri iussit. In quem ut se recepit, protinus altior insecutus est somnus. Ex quo excitatus per quietem vidisse se exponit speciem draconis oblatam, herbam ferentis ore, quam veneni remedium esse monstrasset: colorem quoque herbae referebat, agniturum sese, si quis reperisset, confirmans. Inventam deinde—nam a multis simul erat requisita—vulneri imposuit: protinusque dolore finito intra breve spatium cicatrix quoque obducta est. Barbari postea spe regis interficiendi deiecti se ipsos urbemque dediderunt.

The Indian Ocean is reached.

267.—Postea Alexander cupidine visendi Oceanum correptus, non sine periculis propter aestus maritimos, qui amnem subibant, et nautarum imperitiam, collidentibus inter se navibus, tandem voti sui compos redditur. Tum Nearcho nauticae rei peritissimo imperavit, ut validissimas navium deduceret in Oceanum,

progressusque quoad tuto posset, naturam maris nosceret : vel
eodem amne vel Euphrate subire cum posse, cum reverti ad se
vellet. Iamque navibus, quae inutiles videbantur, crematis terra
ducebat exercitum.

Sufferings on the March.

268.—Inde Macedones tripertito Indos populari, magnas
praedas agere. Mox ad maritimos Indos perventum. Desertam
vastamque regionem late tenent ac ne cum finitimis quidem ullo
commercii iure miscentur. Ipsa solitudo natura quoque immitia
efferavit ingenia : prominent ungues nunquam recisi ; comae
hirsutae et intonsae sunt. Tuguria conchis instruunt ; ferarum
pellibus tecti, piscibus sole duratis et maiorum quoque beluarum
quas fluctus eiecit, carne vescuntur. Consumptis igitur alimentis
Macedones primo inopiam, deinde ad ultimum famem sentire
coeperunt, radices palmarum, namque sola ea arbor gignitur,
rimantes. Quibus consumptis iumenta caedere coacti, ne equis
quidem abstinebant. Famem deinde pestilentia secuta est, nam
insalubrium ciborum novi suci, ad hoc itineris labor et aegritudo
animi vulgaverat morbos. Multum sane detrimenti accepisse
exercitum satis constat prius quam in fertiliores regiones
perveniri posset.

Return to Persia. Feasting and Revelry.

269.—Iam tum rex, mox in Persidem post tot tantosque
labores rediturus, Bacchi triumphum, victis Indiae gentibus,
imitari constituit. Vicos igitur, per quos iter erat, floribus
coronisque sterni iubet, liminibus aedium crateras vino repletas
et alia eximiae magnitudinis vasa disponi : vehicula deinde
constrata, ut plures capere milites possent, in tabernaculorum
modum ornari, alia candidis velis, alia veste pretiosa. Primi
ibant amici variis redimiti floribus : alibi tibicinum cantus, alibi

lyrae sonus audiebatur : post hos in vehiculis pro copia cuiusque
adornatis comissabundus exercitus.   Regem ipsum convivasque
vehebat currus, crateris aureis poculisque praegravis.   Itaque
hoc modo per dies septem bacchabundum agmen incessit, parata
praeda, si quid victis saltem adversus comissantes animi fuisset ;
sed fortuna huiusmodi dedecus in gloriam vertit, mirantibus
cunctis, per gentes nondum satis domitas incessisse temulentos,
barbaris, quod temeritas erat, fiduciam esse credentibus.

Nearchus's Report.

270.—Haud multo post Nearchus, quem longius in Oceanum
procedere iusserat, supervenit.   Nuntiabat autem quaedam
audita, alia comperta : insulam ostio amnis subiectam auro
abundare, inopem equorum esse : singulos eos ab iis, qui ex continenti traiicere auderent, singulis talentis emi.   Plenum esse
beluarum mare : aestu secundo eas ferri, magnarum navium
corpora aequantes : truci cantu deterritas sequi classem cum
magno aequoris strepitu, velut demersa navigia, subisse aquas.
Comperisse sese ex incolis, rubrum mare non a colore undarum,
ut plerique crederent, sed ab Erythro rege appellari : esse haud
procul a continenti insulam palmis frequentibus consitam et in
medio fere nemore columnam eminere, Erythri regis monumen-
tum, literis gentis eius scriptam.   Navigia etiam, quae lixas
mercatoresque vexissent, famam auri secutis gubernatoribus, in
insulam esse transmissa nec deinde postea visa.   Rex cognoscendi
plura cupidine accensus, rursus eos terram legere iubet, donec
ad Euphratis ostia appellerent classem, inde adverso amne
Babylona subire.

Plans for further Conquest.

271.—Ipse animo infinita complexus statuit, omni ad orientem
maritima regione perdomita, ex Syria petere Africam Carthagini

infensus, inde Numidiae solitudinibus peragratis cursum Gades dirigere, ibi enim columnas Herculis esse fama vulgaverat, Hispanias deinde, quas Iberiam Graeci a flumine Ibero vocabant, adire et praetervehi Alpes Italiaeque oram, unde in Epirum brevis cursus est. Itaque Mesopotamiae praetoribus imperavit materia in Libano monte caesa devectaque ad urbem Syriae Thapsacum, septingentarum carinas navium ponere. Cypriorum necnon regibus imperatum ut aes stuppamque et vela praeberent.

Disorder among Governors checked.

272.—Hoc fere tempore Alexander punita satraparum quorundam insolentia, quam, dum in extremo orbe Indorum armis retinetur, per summa scelera atque flagitia in provinciales exercuerant, et ceteros coercere constituit : qui in paribus delictis idem admissorum scelerum praemium exspectantes in mercenariorum militum fidem confugiebant, ut illorum manibus, si ad supplicium poscerentur, salutem suam tutarentur : aut pecunia, quanta poterat, coacta, fugam inibant. Ea re cognita, literae ad omnes Asiae praetores missae sunt, quibus inspectis e vestigio omnes peregrinos milites, qui stipendia sub ipsis facerent, dimittere iubebantur.

Alexander clears the Army of Debt.

273.—Neque ita multo post rex, senioribus militum in patriam remissis, tredecim milia peditum et duo milia equitum, quae in Asia retineret, eligi iussit, modico exercitu contineri posse Asiam ratus, quia pluribus locis praesidia disposuisset : nuperque conditas urbes, quas colonis replesset, rerum novandarum cupidis obstare credebat. Prius tamen quam secerneret quos erat retenturus, edixit, ut omnes milites aes alienum profiterentur. Quod cum grave esse comperisset, quanquam ipsorum luxu contractum erat, dissolvere tamen statuit. Illi tentari sese rati, quo facilius ab integris sumptuosos discerneret, prolatando aliquantum temporis extraxerunt. Et rex satis gnarus professioni aeris pudorem non contumaciam obstare, mensas totis castris poni iussit et decem milia talentum proferri. Tum demum cum fide facta professione, non amplius ex tanta pecunia centum et triginta talenta superfuere. Adeo ille exercitus, tot divitissimarum gentium victor, plus victoriae quam praedae ex Asia deportavit.

Discontent at being left behind.

274.—Ceterum ut cognitum est, alios remitti domum, alios retineri, perpetuam eum regni sedem in Asia habiturum rati, vecordes et disciplinae militaris immemores seditiosis vocibus castra complent regemque ferocius quam alias adorti omnes simul missionem postulare coeperunt, deformia ora cicatricibus canitiemque capitum ostentantes. Nec aut praefectorum castigatione aut verecundia regis deterriti tumultuoso clamore et militari violentia volentem loqui inhibebant, palam professi, nusquam inde, nisi in patriam, vestigium esse moturos.

Alexander demands an Explanation.

275.—Silentio tandem facto, magis quia motum esse regem credebant, quam quia ipsi moveri poterant, quidnam acturus esset exspectabant. Rex contra quaesivit quid illa repens consternatio et tam procax atque effusa licentia denuntiaret. Palam certe eos rupisse imperium, et se precario regem esse, cui non alloquendi non noscendi monendique aut intuendi eos ius reliquissent. Equidem, cum alios dimittere in patriam, alios secum paulo post deportare statuisset, tam illos acclamantes videre se, qui abituri essent, quam eos, quibuscum praemissos subsequi in animo haberet. Quid hoc, inquit, rei est? dispari in causa idem omnium clamor est. Velim scire, utrum, qui discedunt, an, qui retinentur, de me querantur. Sublato clamore ex tota concione responsum est, omnes queri.

Alexander's Reproaches and Anger.

276.—Tum rex : Fieri non posse ut putaret querendi simul omnibus eam caussam esse quam ostenderent. Subesse nimirum altius malum quod omnes a se averterent. Ecquando regem ab .universo exercitu destitutum esse ? Asiaene pertaesum esse, quae eos gloria rerum gestarum diis pares fecerit ? Scilicet in Europam properare eos, deserto rege, cum pluribus defuturum viaticum fuisset, ni aes alienum Asiatica praeda ipse solvisset. Proinde aufugerent; liberarent oculos suos ingratissimi cives. Mox autem scituros esse et quantum sine rege valeat exercitus, et quid opis in se uno sit. Desiluit deinde frendens de tribunali et in medium armatorum agmen se immisit, notatos quoque, qui ferocissime oblocuti erant, singulos manu corripuit, nec ausos repugnare tredecim asservandos custodibus tradidit.

Repentance of the Troops.

277.—Quis crederet saevam paulo ante concionem obtorpuisse metu et, cum ad supplicium videret trahi nihil ausos graviora quam ceteros, tam effusam antea licentiam atque seditiosam militum violentiam ita compressam, ut non modo nemo ex omnibus irruenti regi restiterit, verum etiam cuncti pavore exanimati, quid de ipsis quoque rex statuendum censeret, suspensa mente exspectarent ? Itaque cum postero die prohibiti aditu regis essent, Asiaticis modo militibus admissis, lugubrem totis castris edidere clamorem, denuntiantes protinus esse morituros, si rex perseveraret irasci.

The King changes his Guards and punishes the Ringleaders.

278.—Nihilominus rex preces aspernavit deprecantium ne Macedonibus barbaros anteponeret. Itaque Persis corporis sui

custodiam credidit, Persas satellites, Persas apparitores fecit.
Per quos cum auctores seditionis vincti ad supplicia traherentur,
unum ex iis auctoritate et aetate gravem ad regem ita locutum
ferunt : Quousque, inquit, animo tuo etiam per supplicia, et
quidem externi moris, obsequeris ? Milites tui, cives tui, neque
certam ob caussam, captivis suis ducentibus, trahuntur ad poenam.
Si mortem meruisse iudicas, saltem ministros supplicii muta. Rex
autem reos mergi in amnem, sicut vincti erant, iussit. Ne hoc
quidem supplicium seditionem militum movit, qui se quodlibet
supplicium ferre velle profitebantur.

Reconciliation.

279.—Tandem prae dolore vix mentis compotes universi concurrunt ad regiam armisque ante fores proiectis, tunicati astantes,
nuda et obnoxia poenis corpora praebebant. Regis iracundiam
sibi morte tristiorem esse effusis lacrimis aiebant. Cumque dies
noctesque ante praetorium manerent, biduum tamen adversus
humillimas suorum preces iracundia regis duravit. Tertio
tandem die victus constantia supplicum processit, incusataque
leniter exercitus immodestia, non sine multis utrimque lacrimis,
in gratiam se cum iis redire professus est. Tum magnis epulis
in honorem Deorum adhibitis, maturata est missio, et infirmissi-
mus quisque exauctorati. Amicorum quoque seniorum quibusdam
commeatum dedit. Abeuntibus non modo praeteriti temporis
stipendia cum fide persolvit, verum etiam talentum in singulos
milites viatici nomine adiecit.

Death of Hephaestion.

280.—Relictis Susis, perventum deinde est in Mediae campos,
ubi per dies triginta substitit rex. Septimis deinde castris
Ecbatana, Mediae caput, attigit. Ibi sollennia diis sacrificia fecit
ludosque edidit ut fessorum militum recrearetur animus. Dum

pueros in studio certantes spectabat nuntiatum est deficere Hephaestionem, qui morbo ex crapula contracto septimum iam diem decumbebat. Exterritus amici periculo statim consurgit, et ad tentorium aegrotantis contendit; neque tamen eo prius pervenit quam illum mors occupaverat. Magno dolore commotus per universum imperium lugeri eum iussit, et ne memoria eius in exercitu exolesceret, equitibus, quibus ille praefuerat, nullum praefecit ducem, sed Hephaestionis alam appellari voluit, et, quae ille signa instituisset, ea non immutari. Funebres etiam ludos, quales nunquam antea editi sunt, magno artificum numero coacto, celebrandos curavit. Constat necnon cadaver Babylonem a Perdicca delatum esse.

Alexander's last Campaign.

281.—Ut tamen paullisper a luctu avocaret animum, in Cossaeorum fines expeditionem suscepit. Iuga Mediae vicina Cossaei tenent, asperum et acre genus et praedando vitam tolerare solitum. Ab his reges Persarum annuo tributo pacem redimere consueverant, ne infestam latrociniis regionem facerent. Nam vim tentantes Persas facile repulerant, asperitate locorum defensi, in quae se recipiebant, quotiens armis superabantur. Iidem muneribus quotannis placabantur, ut regi Ecbatanis, ubi aestatem solebat agere, Babylonem remigranti tutus per ea loca transitus esset. Ilos igitur Alexander bipartito agmine aggressus intra quadraginta dies perdomuit; nam ab ipso rege et Ptolemaeo, qui partem exercitus ducebat, non semel caesi, ut captivos suos reciperent, victori se permiserunt. Ille validas urbes opportunis locis exstrui iussit, ne abducto exercitu fera gens officii oblivisceretur.

Return to Babylon.

282.—Motis inde castris, ut militem expeditione recenti fessum reficeret, lento agmine Babylonem procedebat. Iamque vix triginta ab urbe stadiis aberat, cum Nearchus occurrit, quem, ut supra demonstravimus, per Oceanum et Euphratis ostia Babylonem praemiserat; orabatque ne fatalem sibi urbem vellet ingredi. Compertum id sibi a Chaldaeis, qui multis iam praedictarum rerum eventibus certa se arte uti ostendissent. Rex primo motus, contemptis deinde Chaldaeorum monitis, urbem tandem intrat. Eo legati ex universo ferme orbe terrarum convenerant. Quibus per complures dies studiose auditis, deinceps ad Hephaestionis exequias adiecit animum. Quae summo omnium studio ita celebratae sunt, ut nullius ad id tempus regis funus sumptu apparatuque non vicerint.

Alexander's last Illness.

283.—Post haec cupido incessit regi per Pallacopam amnem ad Arabum confinia navigandi: quo delatus, urbi condendae commoda sede reperta, Graecorum aetate aut vulneribus invalidos et si qui sponte remanserant ibi collocat. Quibus ex sententia perfectis, iam securus futuri Chaldaeos irridebat, quod Babylonem non ingressus tantum esset incolumis, verum etiam excessisset. Enimvero revertenti per paludes foedum omen oblatum est, nam rami desuper impendentes detractum capiti diadema in fluctus proiecerunt. Cum deinde alia super alia prodigiosa nuntiarentur, procurandis iis Graeco simul barbaroque ritu continua sacra facta sunt, neque tamen expiari praeterquam morte regis potuere. Qui cum Nearchum excepisset convivio et tota nocte perpotasset, male habere coepit. Ingravescens deinde morbus adeo omnes vires intra sextum diem exhausit, ut ne vocis quidem potestas esset.

His Death.

284.—Intuentibus lacrimae obortae praebuere speciem iam non regem sed funus eius visentis exercitus. Maeror tamen circumstantium lectum eminebat: quos ut rex adspexit, Num invenietis, inquit, cum excessero, dignum talibus viris regem? Incredibile dictu audituque, in eodem habitu corporis, in quem se composuerat, cum milites admissurus esset, duravit, donec a toto exercitu illud ultimum persalutatus est: dimissoque vulgo, velut omni vitae debito liberatus, fatigata membra reiecit. Inde propius adire iussis amicis, nam et vox deficere iam coeperat, cum detractum anulum de digito Perdiccae tradidisset, adiectis mandatis ut corpus suum ad Hammonem ferri iuberent, paulo post exstinguitur, annos natus triginta duo.

Greece becomes a Roman Province.

285.—Mortuo Alexandro duces inter se imperium partiuntur, cum tanto oneri ferendo per se ipsum exsisteret nemo. Et Macedones post obitum regis diu intestinis bellis exagitati, accepto necnon detrimento ex incursionibus Gallorum, aliquid tandem pristini roboris ubi receperunt, Graecos aliquamdiu in officio continuerunt, donec Philippus rex eorum societatem cum Poenis iniit. Ea de caussa infensi Romani Macedonibus bellum indixere, multasque victorias de iis reportaverunt. Neque ita multo post universa Graecia, ut supra demonstravimus, in formam provinciae redacta est.

NOTES.

PART I

HISTORY OF ROME.

1. **ante Romam conditam**—English uses many more abstract substantives than Latin. We say, 'before the foundation (abstract) of Rome;' the Latins said, 'before Rome founded.'

   Etrusci—the Etrurians, Etruscans, or Tuscans. Hence Tuscany. Their country was immediately to the north of Latium, the Tiber being the frontier.

   decōra—'embellished.'

   datur—antiquitati—'to antiquity is conceded this privilege.' The clause introduced by *ut* explains *venia* (*ut* consecutive).

2. **Vestalis virginis**—the Vestal virgins tended the holy fire of Vesta, the goddess of the hearth.

   Palatino—one of the seven hills on which Rome stood.

   quorum ageret —the relative takes the subjunctive because it is equal to *ut eorum*, and therefore has a final force.

   Sabīnis—the inhabitants of Central Italy.

   Caeninenses—the men of Caenina.

   Crustumīnos—the men of Crustumerium or Crustumium.

   Fidenātes—the men of Fidenae. These towns were all in Latium, near Rome, inhabited by Sabines.

   Veientes—the men of Veii, an Etrurian city near Rome.

   quinos—'five apiece.'

3. **confusum**—'confusedly divided.'

4. **Albanos**—the inhabitants of Alba Longa, the most ancient town of Latium, said to have been founded by Ascanius, the son of the Trojan Aeneas, who fled to Italy after the fall of Troy. Romulus belonged to the royal house of Alba.

   Caelio monte—another of the seven hills.

5. **aetate**—abl. of respect.

   agunt—'plead.'

   priusquam dimicarent—*priusquam* takes the subjunctive if the action of the verb has not taken place.

141

cum bona pace—' on fair terms.'

terni—' three on each side.'

vice—' at the peril.'

ut—sic—' and though—yet.'

pugnam—' the attack.'

6. **eventu proelii perspecto**—' when he had clearly seen the issue of the battle.'

    quo—when there is a comparative in the clause *quo* is used instead of *ut.* (*quo = ut eo ; eo* is the ablative of measure.)

    in diversa—' in different directions.'

    cives transportandos curavit—' had the citizens transferred.' This is the usual construction with *curo.*

7. **Ianiculum**—so called after the god Ianus, who according to an old legend was once a king in Latium, and built his city on this hill.

9. **in censum delatis**—' brought under the census.'

10. **Ardea**—the chief town of the Rutuli, in Latium.

    parens—' a relation.'

    Tarquinio ademit—the Latin idiom is ' to take away *to* a person.' Compare in French, ' arracher à quelqu'un.'

    exsulatum—the supine. It is the accusative of the verb-noun *exsulare*, and is used after the verb of motion.

11. **coepti sunt**—this is the usual form instead of *coeperunt* when the verb depending on it is in the passive voice.

    placuit—' it was resolved.'

    qui scirent—the relative here takes the subjunctive as it has a causal force : (*qui = cum ii*, ' since they ').

    ne quisquam—this is the way to translate ' that no one,' except in consecutive clauses, when *ut nemo* is used.

12. **non multum—caperetur**—' the city was nearly taken ;' *lit.* ' not much was wanting but that, etc.' *abfuit* is impersonal.

    Tusculum—in Latium, about 10 miles from Rome.

13. **ut supra demonstratum est**—' as has been shown in a former chapter.'

    demigrant—historic present.

    Tiberi obiecto—' by being guarded by the Tiber.' *lit.* ' the Tiber being opposite.'

    Cocliti—dative (Cocles = one-eyed), attracted into the case of *cui.* This is the most usual construction in giving a name.

    monuit ut interrumperent—You can only ascertain the right construction after such verbs as *moneo*, by analysing the dependent clause. Here it is evidently an indirect command.

    se excepturum—indirect statement, often, as here, without a verb to govern it, depending on the sense.

14. **servitia**—' slaves,' abstract for concrete.

    alienam—understand *libertatem.*

oppugnatum—supine. 10, note.

aciem—'the line of battle,' (*ac-* sharp) ; as opposed to *agmen* (*ago*), 'the line of march.'

ingenti gradu—'with his huge stride.'

15. proinde legeret—indirect command; without *ut*, when, as here, it is simply the indirect form of his command in the imperative.

via Sacra—the chief street in Rome, leading to the Capitol, or citadel.

16. operae est—'it is worth while.' Another form is *operae pretium est.*

lacum Regillum—in Latium.

dictator—in times of extreme peril the safety of the state was intrusted to a single man with this title. He used to appoint a second in command with the title of *magister equitum.*

quin confligerent—'from fighting.' (quin (*qui*, old form of ablative = how, *ne*, old form of negative).

17. Mamilium—a Tuscan chief, son-in-law of Tarquinius.

infestis hastis—'with lance in rest.'

traiectum sit—primary sequence instead of *traiiceretur*, to make the description more vivid. This is called Narrative Stress.

referentibus pedem—'retreating.'

ex transverso—'sideways.'

18. ancipiti—'on either side.'

19. impulsi—understand *sunt.* The auxiliary verb is often omitted.

inclinavit—'wavered.'

Castori—Castor and Pollux, the Dioscuri (sons of Zeus), were twin demigods : the former was celebrated for his horsemanship and the latter for his skill in boxing. They were especially worshipped as the patrons of sailors.

20. coepta—11, note.

comitia—the assemblies of the people for electing magistrates (*cum—eo*). There were three varieties of the comitia :

1. *Curiata :* of the old noble families in their *curiae*, the aristocratic classification.

2. *Centuriata :* of the people in their centuries or classes according to their property.

3. *Tributa :* of the people in their tribes.

armatus—the people in their centuries had certain arms assigned to each class, so that it was a military as well as a civil classification.

qui uteretur—2, note.

neque autem—afficeretur—'it was inevitable that . . . should be visited with loss.' 16, note.

21. assiduo—'constant.'

patres conscripti—'Conscript Fathers,' properly *patres et conscripti*, the old Senators and the new.

quo—'to the place whither.'

signa ferri iubet—'gives the order to march.'

numero—abl. of respect.

22. **collatis signis**—'in pitched battle.'

ut—venirent—this clause takes the place of the accusative and infinitive, and acts as a subject to *accidit*. This construction is found after such verbs and expressions as *contingit, evenit, sequitur, reliquum est, fieri potest*, etc.

23. **aere alieno**—'debt.' Lit. 'another person's money.'

monte Sacro—This hill was close to Rome.

qui suaderet—2, note.

ageret—15, note.

ea condicione—'on condition.' The demonstrative is not to be translated.

qui praestarent—*qui* has a consecutive force and so takes the subjunctive (*qui = tales ut*).

24. **Spurio**—13, note.

legem tulit—'proposed a law.' Laws were enacted by the people in their *comitia*, (20, note). The proposer of the law, which was called a *rogatio* till it was passed, was said *ferre* or *rogare legem*. The term *rogatio* answers to our 'bill,' and *lex* to 'act of parliament.'

ager publicus—common land belonging to the state.

obtinerent—'held.'

quod conaretur—virtually sub-oblique; *i.e.* because they said he attempted : *conabatur* would mean that he did actually make the attempt. The rule may be put briefly thus : clauses that give the opinion of other people than the writer require the subjunctive.

Cassio—10, note.

25. **in dies**—'from day to day.'

auctoribus tribunis—'the tribunes acting as spokesmen.'

iubere—'to ratify.'

comitiis—20, note.

summa potestas—in later times laws passed by the people in the *comitia tributa* were called *plebiscita* and had the same force as laws passed in the other comitia.

26. **eo miseriae**—'to such a pitch of wretchedness.' Lit. 'thither of wretchedness.'

ita modo, etc.—13, note.

si constitisset—'if it was definitely settled.'

ecquem non poenitere—Questions in *oratio obliqua* if of the first or third person are usually in the infinitive. They are practically exclamations, not questions. Questions that require an answer are in the subjunctive.

promulgatae sunt—'were read.' A *lex* or *rogatio* (24, note) was said *promulgari* when its provisions were published, like the three readings of a bill in the House of Commons.

idem—'and also.' *idem* is nom. masc.

27. **rogationes**—24, note.

prorogata est—'was renewed.'

iure intercessionis—'their right of veto.' The tribunes could stop any proceeding by simply saying *Veto*, 'I forbid.'

designatus—a magistrate was said *designari*, when elected, but before entering upon the duties of office.

28. **Volscorum**—a people of Latium.

coleret—indirect command, depending on a verb of command understood from *negavit*.

diem dicunt—'appointed a day for the trial of.'

re infecta—'without accomplishing their purpose.'

29. **Aequi**—a race of mountaineers in Latium.

dictus sit—the perfect (aorist) subjunctive is used in consecutive clauses instead of the imperfect when it is desired to lay great stress on the consequence.

nudum—'in his shirt-sleeves.'

30. **Veientes.**—2, note.

Faleriis—a city of Etruria.

quod divisisset—24, note.

exsulatum—supine.

Galli Senones—they originally lived in the north of Gaul.

Allia—about six miles from Rome.

Capitolium—the citadel of Rome on the Capitoline hill.

31. **Anienem**—the river Anio (gen. *Anienis* as if from *Anien*), flowing into the Tiber three miles above Rome.

ne tum quidem—notice the position of the emphatic word between *ne* and *quidem*.

32. **neque recusare se**—the narrative glides off into the *oratio obliqua* without any verb to introduce it ; 13, note.

Latinum illud bellum—'the celebrated Latin war.'

ancipiti Marte—'with doubtful success.'

convenisse—'that it was agreed.'

Diis Manibus—the Manes, or souls of the dead were worshipped.

33. **parum dicto audientes**—'disobedient to his commands.'

ut—lacesseret—subject to *accidit ;* 22, note.

quanto—abl. of measure.

34. **ut supra demonstravimus**—'as we have shown in a former chapter.'

maiore—habita—'while thinking more of them (the Romans) than of themselves.' *Ipse* is used to refer to the original subject when there are several, to avoid confusion.

K

tantum cavebant—'they merely took precautions.'

in officio—'faithful.'

confirmandas—'win over.'

35. **coeptum est**—11, note.

  magistro equitum—16, note.

  Samnites—a race of mountaineers inhabiting the Matese hill-country in Central Italy.

  Furculae Caudinae—'The Caudine Forks,' *i.e.* the pass of Caudium, a town in the Samnite country.

  Sentinum—a town of Central Italy.

  devicerunt—stronger than *vicerunt*.

  in victos atrociter saevitum est—'terrible atrocities were committed on the defeated.'

36. **Tarentinis**—the people of Tarentum, an important Greek city on the gulf of the same name in S. Italy.

  Pyrrhum—King of Epirus, a mountainous province in N. W. Greece.

  poposcerunt—Notice the double acc. after the verb of asking.

  pugnantes nox diremit—'night put an end to the contest.'

  sepeliendos curavit—'saw to the burial of.'

  adverso vulnere—'with their wounds in front.'

37. **in primis**—'particularly.'   ·

38. **quod—capi**—'for having allowed themselves to be taken prisoners with arms in their hands.'

39. **de Pyrrho**—'over Pyrrhus.'

40. **id temporis**—'at that time.'

  miratus sit—11, note.

  Cincinnatus ille—'the celebrated Cincinnatus.'

41. **quod relegasset**—24, note.

  negotium exhiberi—'that annoyance was being occasioned.'

  arbitraretur—after *qui* with a causal force = since he.

  missum esse facturum—'would set free.'

42. **Carthago**—a powerful city on the N. coast of Africa, founded in early times by Phoenicians. Till her defeat by the Romans she was the chief maritime power in the world. The Romans had long been jealous of her wealth and influence, and were determined to pick a quarrel.

  Messāna (*Messina*), a city in Sicily on the straits of the same name.

43. **quin**—'come.' Originally an interrogative conveying a notion of encouragement = *why not?* *quin* = *qui*, old form of ablative,—*ne*, old form of negative.

  religio—'religious scruples.'

44. **Xanthippo**—this officer was a soldier of fortune, a Greek by birth, who had long served in the Carthaginian army, which in a great measure consisted of mercenaries.

de permutandis captivis—'about an exchange of prisoners.'

tanti—'so valuable,' understand *pretii.*

45. **ancipiti Marte**—'with doubtful success.'

quo facilius—6, note.

adorirentur—subj. after *quibus,* which has a consecutive force = *tales ut iis.*

penderent—distinguish between *pendo* and *pendeo.*

nocitura erat—'was certain to injure.'

ut—sufficeret—subject to *fieri poterat;* 22, note.

46. **disciplina**—abl. of respect.

posse—There is no future infinitive of *posse.* Verbs of hoping and promising naturally take one.

cum—proficisceretur—'when he was on the point of setting out.'

etiam—This is the nearest approach to a direct affirmative particle in Latin.

demortuo—used instead of *mortuo* when the place of the dead person was to be filled by a successor.

47. **instituisse**—'had trained.'

Saguntum—said to have been a Greek colony.

quererentur—after *qui* final.

48. **Pyrenaei**—the Pyrenees, between France and Spain.

Rhodanus—the Rhone, flowing into the Mediterranean Sea.

maturato—'haste.' The neuter of the participle used as a substantive.

si reputaveris—Notice the superior exactness of the Latin. We say, less correctly, 'if you remember,' where the Latin idiom is 'if you shall have remembered.'

ad—'nearly.'

49. **visum est patribus**—'the senate resolved.'

Gallos Cisalpinos—the Gauls on the Italian side of the Alps—the inhabitants of N. Italy.

Ticinum—the Ticinus in N. Italy, falling into the Padus (Po).

vix—et—'hardly—when.'

Trebiam—This river also falls into the Po.

tantum non—'all but.'

actum fuisset de—'it would have been all up with.'

50. **Trasimenum**—a lake in Etruria.

demortuorum—46, note.

differendo—'by protracting.'

carpere—'to harass.'

excipere—'cut off.'

posset—subjunctive after *quocunque;* generic use of relative (an extension of the consecutive use), used to denote a *class,* not a particular thing. So *Sunt qui faciant hoc,* 'there is a class of people who act thus,' but *Mortui sunt qui hoc fecerunt*, 'they who did this are dead.'

51. **posset**—subjunctive after *qui* consecutive, = *ut is*.
   discurrere—historic infinitive, often used instead of a finite verb for the sake of variety.
   Fabio—dative, denoting disadvantage to the indirect object.

52. **Tarento**—36, note.
   per speciem—'under the pretence.'
   receptui cecinit—'gave the signal for retreat.'

53. **se contulit**—'had recourse.'
   Romanis—Hannibalem—'that the Romans had a Hannibal of their own.' The reflexive pronoun can be used with reference to the object when it causes no confusion of ideas.

54. **Cannae**—a village in Apulia, in S. Italy.
   neque usquam—preferable to *et nusquam*.

55. **neque ullam**—preferable to *et nullam*.
   Metaurum—a small river in Umbria, in Central Italy, flowing into the Adriatic.
   actum esse—49, note.

56. **dato negotio ut**—'being intrusted with the duty of.'
   exsulatum—supine.

57. **devictis**—stronger than *victis*.
   Macedonum—Macedonia, to the N. of Greece, now part of Turkey.
   his legibus—ablative of condition.
   quaterna—The distributive numeral shews that the payment was to be annual.
   Lacedaemoniis—the inhabitants of Laconia, in S. Greece. Its capital was Sparta.
   quibus—attracted into the case of its antecedent; = *iis quas*.

58. **ut fit**—'as usual.'
   Numantiae—one of the most important towns in Spain.
   quod civium supererat—'all the remaining citizens.'

59. **Numidiae**—a province in N. Africa.
   imperarent—subjunctive after *qui* final.

60. **ut ita dicam**—'so to speak.'
   in officio—'loyal.'
   servitutem—cognate accusative, or accusative of kindred meaning, used with neuter verbs.
   coepta sunt—11, note.
   pro ut vincebantur—'as they were severally conquered.
   ratio—'means.'

61. **toti incumbebant**—'devoted themselves.'
   in dies—'from day to day.'
   in peius ruere—'to deteriorate.'

62. **agnomen**—'an honorary title.' *praenomen* was the name of the
     individual, *nomen* the name of the *gens*.   A man might also have a
     cognomen to distinguish his particular family from other families of
     the same *gens*.

     His—simultates—'these men had serious grounds for differing.'

     inimici—'personal enemies,' as opposed to *hostis*, a public foe.

     Syria—an important province of Asia, between Asia Minor and Egypt.

     furatus esset—24, note.

     sibi obiici—'that they were reproached with.'

63. **pluris**—descriptive genitive (genitive of quality), understand *pretii*.

     obirent—'filled.'

     constabat—'consisted.'

     optimus quisque—'all the best men.'

     rationem—'care.'

64. **comitiis**—20, note.

     nolentibus civibus—'if the citizens disapproved of it.'

     stipendia faciebant—'used to serve in the army.'

     mereri—historic infinitive.   The meaning is the same as that of
     stipendia faciebant.

     segni—'remaining inactive' (*sine, ignis*).

     neque quicquam—preferable to *et nihil*.

65. **penes—steterat**—'had remained with the Romans.'

     iis spem—10, note.

66. **mos—administrarent**—The *ut* clause explains *mos*; a kind of con-
     secutive clause.

     admisso quo facinore—'having committed some crime or other.'
     quo = aliquo.

     eo munere—'this post,' namely, being governor of a province.

67. **tulit**—'proposed;' see 24, note.

     auctore Tiberio—'on the motion of Tiberius.' Notice how the
     Latins prefer the concrete *auctor* to any abstract word meaning
     'motion.'

68. **minimi**—understand *pretii*.

     civitatem—'the franchise,' or rights of citizenship.

     circenses—understand *ludos*.

69. **Piso ille**—'the well-known Piso.'

     Frugi—called the Frugal. *Frugi*, originally a dative = 'for food,
     fit for food.'

     consularis—'though of consular rank.'

     libeat—understand *ut*.

     lege Sempronia—the law proposed by C. Sempronius Gracchus.

70. **Numidas**—59, note.

     Numidici—thus Scipio got the title of Africanus. *Nomen* is used
     loosely for *agnomen*; see 62, note.

71. idem—'and also.'
    quicquid vellet—50, note.
72. profugi—From the earliest times and in all countries there are traces
    of such migrations.   Nations yielding to pressure from more power-
    ful invaders became in turn invaders themselves.
73. plus valere—'was the stronger party.'
    auxilio fuit—'supported,' lit. 'was for a help :' dative of comple-
    ment.   A common construction, but only with *abstract* words.
74. ecquem toleraturum—The narrative glides into the *oratio obliqua*
    without a verb to introduce it, as it is easy to supply one from the
    sense.   For the mood see 26, note.
    legem rogari—24, note.
75. Samnitium—a powerful people in Central Italy.
    civitas—'the franchise.'
    eadem—oriundi—'sprung from the same stock as the Romans.'
76. Ponti—the N.E. portion of Asia Minor along the coast of the Black
    Sea.
    negotio—'the conduct of the war.'
77. Minturnas—Minturnae, a town in Latium, at the mouth of the river
    Liris.
    in se animadverti—'proceedings to be taken against him.'
78. quoscunque vellet—see 50, note.
    conciliabat—'tried to win over.'
79. magnis itineribus—'by forced marches.'
    privatus—'as a private citizen.'
80. iure—'with justice.'
    tot tantisque—The Latins do not use two adjectives referring to the
    same word without a connecting particle.
    neque posset—'without being able.'
    toti incumbere—'devoted themselves entirely.'
81. is = *talis*.
    quae vellet—The subjunctive can be explained in accordance with
    the rule in 50, note ; or else as depending on *posset*, and therefore
    assimilated with it.
    Pompeium—Caesar's great rival in the next Civil War, renowned as
    a statesman and soldier.
82. remissius—'too negligently.'
    Mithradates—King of Pontus ; 76, note.
    ita—ut—'merely suffered defeat to, etc.'
    quominus traheret—'from prolonging.'
83. documento—'a proof.' 73, note.
    Capuae—Capua, a town of Campania in Central Italy.
    ut fere fit—'as is usually the case.'
    coercentium impatientes —'impatient of restraint.' The Latin idiom

is 'of restrainers,' as they almost always prefer the concrete to the abstract.

Apulia—the S.E. of Italy.

proconsule—After his year of office had expired, the outgoing consul was intrusted with the government of one of the provinces of the empire for a term of five years, with the title of pro-consul.

debellatum est—'the war was brought to a end.'

84. **summo studio**—'with the greatest enthusiasm.'

85. **Tigranes**—King of Armenia, in Asia Minor.

victum castris exuit—'defeated and despoiled of his camp.'

Iudaeam—Judaea, the S. of the Holy Land.

Hierosolўma, (ōrum). Jerusalem.

86. **coepta est**—11, note.

unus—'alone.'

temporis acti—'past time.'

moderationis expertae—descriptive genitive, or genitive of quality (always with epithet).

ut—ita—'though always approving a better system, yet, etc.'

maiore potestate—descriptive ablative (always with epithet).

87. **patre**—abl. of origin.

rebus novandis studebat—'was in favour of a revolution.'

qua spe deiectus—'disappointed of this hope.'

indicta caussa—'unheard.'

damnavisset—24, note.

diem dicunt—41, note.

praestare caussam—'make good his case.'

88. **grato animo**—descriptive (abl. of quality with epithet).

quod quisque vellet—50, note.

tulit—24, note.

89. **Romae**—locative. *Romai* was the old form. The locative originally ended in -i (singular), and -is or -bus (plural).

in officio—'loyal.'

90. **par solvendo**—'able to pay his debts;' *lit.* 'equal to paying.'

quinquennium—83, note.

minime cordi esse—'were not at all agreeable.' 73, note.

quos non fefellit—'who did not fail to observe,' *lit.* 'whom it did not deceive.'

quanto opere—often written as one word, *quantopere.*

potentissimum quemque—'all the most powerful men,' *lit.* 'each most powerful man.'

pro ut—'according as.'

91. **Parthos**—The term *Parthi* was properly applied to the inhabitants of Parthia, a county to the S.E. of the Caspian Sea. It is here

used of the nomad tribes of Mesopotamia (the country between the
Tigris and Euphrates to the S. of Asia Minor).

decedere—'give way to.'

tantum non—'all but.'

92. **evenerat**—'had been assigned by lot.'

rebus novandis—87, note.

93. **petere**—'stand for.'

qua erat humanitate—'such was the geniality of his nature,'—
abl. of quality, (descriptive).

94. **Pharsalum**—Pharsalus, a town in Thessaly.

actum esse—49, note.

si palam fecisset—'if he proved.' Notice the superior exactness of
the Latin idiom, 'if he should have proved.'

cum—tum—'both—and.'

95. **partibus**—'the faction.'

96. **idem parum confideret**—'and also had little trust in.'

praestare—'carry into effect.'

nonnisi pro consiliariis—'merely as councillors.'

in fatis erat—'it was decreed by fate.'

versaretur—'should be involved.'

Tarquiniorum—the last of the kings.

97. **tot tantarumque**—Two adjectives referring to the same word must
be connected by 'and,' in Latin.

auctoribus—'headed by :' lit. 'being the authors,' abl. abs.

fas—imperitaret—66, note.

quanta virtute—abl. of quality.

98. **quanto opere**—90, note.

desideraretur—'was missed.'

filia—abl. of origin.

ubi audirent—ubi final, = ut ibi.

agnomina—62, note.

99. **Mutinam**—Mutina (Modena), in N. Italy.

100. **tertium ascripsit**—'enrolled as a third.'

Philippos—Philippi, a town in Macedonia, also famous as being the
first place in Europe in which the gospel was preached.

sibi mortem conscivit—'committed suicide.'

101. **obiiciebantur**—'were thrown in the way of.'

Magni—i.e. the great Pompeius.

102. **odio**—'hateful ;' lit. 'for a hate.' 73, note.

ut potiretur—22, note.

an id aequum esse—for the mood, 26, note. The *oratio obliqua*
depends on the sense, not being introduced by a verb.

Actium—a promontory in Acarnania in N. Greece.

par—'a match.'

PART II.

HISTORY OF GREECE.

103. **quod**—'the fact that.'   This clause is logically substantival, being in apposition to *causa*.

ut is—cogatur—substantival clause, subject to *fit.*   22, note.

Athenienses—the Athenians.   Athens the capital of Attica in N. Greece.

Lacedaemonii—the inhabitants of Laconia in S. Greece (the Peloponnesus, or island of Pelops ; Pelops was a mythical hero).   Its capital was Sparta.

Thebani—the people of Thebes, the capital of Boeotia, in N. Greece, adjoining Attica.

Macedones—the people of Macedonia, to the north of Greece, now part of the Turkish empire.

104. **Lydia**—a province of Asia Minor.   Its capital was Sardis.

posset—after *cui* with consecutive force.

regem—*oratio obliqua* depending on *dixit*, understood from *imperavit.*

Iones—one of the great divisions of the Greeks.   The Dores or Dorians were their rivals.   The Athenians were the principal people of Ionian race, and the Lacedaemonians were the chief representatives of the Dorians.

105. **Persis**—the Persae or Persians, the mountaineers of Persia.

religioni vertentes—'regarding as ominous,' *lit.* 'turning to a religious scruple.'

foedus ictum est—The phrase *foedus icere* arose from the striking of the victim when peace was made.

106. **auctore Cyro**—'at the instigation of Cyrus.'   Notice the concrete Latin for the English abstract idea.

Babyloniae—the country of which Babylon was the capital.   Under Nebuchadnezzar the Babylonian empire reached its height and extended from the Euphrates as far as Egypt, embracing also Armenia and Arabia.

Delphos—the oracle of Apollo at Delphi in Phocis, in N. Greece.

Sardes—the capital of Lydia.

recens—adverb, ' newly.'

neque—quin—' and that not much was wanting but that '= 'and that they were near to, etc. ; ' *multum abesse* is impersonal.

107. **tantum non**—' all but.'

actum esse—49, note.

Thraciam—a country to the north of Greece, adjoining Macedonia.

qua esset humanitate—'such was his merciful nature,' abl. of quality.

dolo—by diverting the course of the Euphrates, and entering the city along its bed. Labynetus, the Belshazzar of Scripture, was king at the time.

108. **Susa**—the winter residence of the Persian kings, the Shushan of Scripture.

quo—6, note.

id—constituit—'he also determined to take special care.'

109. **Istro**—Ister, the Danube.

Bosporum—the Bosphorus or Straits of Constantinople. Bosporus means the 'Heifer's ford.' It was so called from Io daughter of Inachus, king of Argos, who was changed into a heifer through the jealousy of Here, the wife of Zeus, the chief of the gods.

Scythas—Scythae, the nomad tribes to the N. of the Danube.

auctor fuit—'proposed.'

ita enim—*oratio obliqua* depending on the sense of *auctor*.

Milesiorum—the inhabitants of Miletus, a Greek city in Caria, in Asia Minor.

mortuo enim etc.—*oratio obliqua*, depending on *dixit*, understood out of *negavit*.

110. **Thracas**—from Thrax, the inhabitants of Thrace.

terram et aquam—as a sign of submission.

servati pontis—'for saving the bridge.'

sub speciem—'under the pretence.'

111. **Naxii**—the inhabitants of Naxos, the largest of the Cyclades, islands in the Aegean sea (the Archipelago).

Artaphernes—brother of Darius, and Satrap or governor of Sardis.

una—'together.'

112. **Spartanos**—the inhabitants of Sparta, the capital of Laconia. They were the dominant race. The previous inhabitants of Laconia were called Perioikoi and busied themselves with agriculture. There was also a race known as Helots who were in a state of serfdom.

Eretrienses—the people of Eretria, a town in Euboea, a large island on the E. coast of Greece.

mare Ionium—the Levant sea.

evasit—'proved.'

quod superfuit—'the survivors.'

113. **quoquo modo**—'somehow or other.'

Lade—an island off the coast of Caria, opposite to Miletus.

ultima—experturi—'ready to try the most desperate means on behalf of their safety.'

differretur—'was continually put off.'

rationem—'care.'

prius—quam—often separated, as here.

pro victis—'as conquered.'

saevitum est—'atrocities were committed.'

eo miseriae—'to such a pitch of wretchedness.'   *eo*, lit. 'thither.'

114. Hellespontum—the Dardanelles.

iuxta litus—'sailing along the coast.'

115. tantum abfuit—impersonal.

Aegeum mare—the Archipelago.

Marathona—Marathon, a village a few miles from Athens.

Plataeensium—the inhabitants of Plataea, a town in Boeotia.

praestiterunt—'made good.'

quin—'that.'   *quin=qui*, old form of ablative of relative pronoun—
ne, old form of negative='how not.'

haud scio an—'perhaps;' *lit.* 'I don't know whether.'

116. Pariis—the people of Paros, one of the Cyclades.

deiectus—'disappointed.'

re infecta—'without accomplishing his purpose.'

decepisset—24, note.

corrupto—'having become gangrened.'

117. ut erat providus—'such was his foresight.'

quin—'from.'

reputanti—'on reckoning,' depending on *risum est*.

in officio—'loyal.'

visum est—'he resolved;' *lit.* 'it seemed good.'

118.—Aeginetas—the people of Aegina, an island near the coast of Attica.
They were for a long time the rivals of the Athenians at sea.

Piraeum—Piraeus, the harbour of Athens.

119. qui ad Marathona—*oratio obliqua*, depending on a verb of saying
understood out of the sense.

praedia obtinere—'were in possession of farms.'

provocatur—'an appeal is made.'

in exsilium—the punishment of exile was inflicted on such people
as had more than a certain number of adverse votes against them.
It was called *ostracism* from the oyster-shell (*ostrakon*), on which
the vote was recorded.

120. Xerxes—the Ahasuerus of the book of Esther.

Athon—It was off Mount Athos, a peninsula in Macedonia, that the
previous expedition had suffered such disaster by shipwreck.

Cappadociam—a province of Asia Minor.

decies centena milia—'ten times one hundred thousand,' =
1,000,000.

121. Isthmum—the isthmus of Corinth, connecting Greece proper or
Hellas with the Peloponnesus.

maturato—'haste,' neuter of participle used as a noun.

tyrannus—does not mean a tyrant in our sense of the word. It merely meant an irresponsible ruler.

Syracusanorum—the people of Syracuse, a wealthy city in Sicily.

Cretenses—the people of Crete, a large island in the Levant sea.

Corcyraeos—the inhabitants of Corcyra (Corfu), one of the Ionian islands, in the Adriatic.

adigunt—'bind.'

122. **visum**—117, note.

Tempe—Tempe (neuter plural), a valley in N. Thessaly.

ratione—habita—'after reconnoitring the ground.'

quod si—'but if.'

extrema—'all dangers.'

123. **Thermopylas**—Thermopylae, 'the Hot Gates,' so called from some hot mineral springs.

cum perveneris—'on reaching,' *lit.* 'when you shall have arrived.'

montes—of which Oeta was the chief.

quod maris—'that part of the sea.'

124. **segnes**—'inactive.' (*se=sine, ignis*).

iis—movebat—'excited their astonishment.'

animum advertebant—often written as one word, *animadvertere*. The accusative following this expression is due to the meaning ;— 'turned their minds to' = 'noticed.'

Thespienses—the people of Thespiae in Boeotia.

125. **Euboeenses**—the people of Euboea. 112, note.

incensas Sardes—The Eretrians, or people of Eretria in Euboea, had assisted at the burning of Sardis.

Eurybiadi—the Spartan admiral.

ultro—'without waiting to be attacked.'

quod amiserunt—substantival clause in apposition to *id.*

Salamina—Salamis, an island close to the W. coast of Attica.

126. **tantum abfuit**—impersonal.

subsidio—73, note.

deiecti—'disappointed.'

127. **consisteret**—'rode.'

in sinu Phalerico—'in the harbour of Phalerum,' one of the creeks which served as harbours to Athens.

ad servandos—'to watch.'

obtinerent—'continued to hold.'

in eo esse ut—'were on the point of.'

adoriretur—indirect form of the imperative.

128. **is**—'such.'

sua multitudo—The reflexive pronoun can be referred to an object, if it causes no obscurity.

diremit—'put an end to.'

129. **quo**—6, note.
    constituerit—narrative stress. 29, note.
    prius—quam—often separated, as here.
    Hellesponto—the Dardanelles.
    habuit compertum—' ascertained.'
    quanto—conatus—' the cost of his attempt.'
    quanto pretio—abl. of price.
    quantoque—abl. of measure.
130. **Tyro**—Tyrus, the chief city of Phoenicia.
    novas sedes—Carthage was said to have been founded by Dido, a
    Tyrian princess.
    Ionum—' with the Ionian Greeks.'
131. **Thessaliam**—a country on the N. frontier of Greece.
    posset—after *cuius*, causal ; = *cum eius*.
    quod aedium refectum erat—' all the houses that had been rebuilt.'
    pugnandi quisque—' all the bravest leaders urge the propriety of
    fighting.'
    receptui cecinit—' sounded the signal for retreat.'
132. **subsecutus**—' closely following.'
    inferri signa iussit—' ordered a charge.'
    eminus—' from a distance ;' (*e—manus*), opposed to *cominus*, ' at close
    quarters ' (*cum—manus*).
    moris erat—' it was customary.'
    donec litatum esset—' until favourable omens had been obtained.'
    rem gerunt—' fight ;' *res* can mean almost anything.
    neque—quin—106, note.
    decimam—understand *partem*.
133. **reputantibus**—' on consideration.' Dative depending on *ridebitur*.
    Mileto—in Caria in Asia Minor. One of the most important cities
    of the Ionian Greeks.
    in aridum subductis—' drawn up on dry ground.'
    ea victoria debellatum est—' an end was put to the war by this
    victory.' *De* intensifies ; so *depugnare, devincere.*
134. **faverent**—50, note.
    per—fieret—' that the Athenians were the cause of a most disgraceful
    surrender not being made ;' *i.e.* ' prevented a most disgraceful
    surrender.'
135. **auctor fuit**—' advised.'
    ita enim—*oratio obliqua* depending on verb understood from *auctor
    fuit.*
    fieri enim posse—Once the construction has become oblique there is
    no need of a fresh verb to introduce another kind of substantival
    clause. A command depends on *denuntiaretur*, but the statement
    following depends on the sense quite naturally.

molirentur—*Moliri* always conveys the idea of a thing being done laboriously.

efficiendum curavit—the regular construction with *curo*. It would be expressed in Greek by the use of the middle voice.

in eam altitudinem—'to such a height;' *eam = talem.*

creverint—29, note.

Piraeus—a town about five miles from Athens, of which it was the chief port.

136. **locos**—'spots.' *loci* is used of particular spots, *loca* of places or country generally.

Byzantium—now Constantinople.

cum—tum—'both—and.'

operae est—'it is worth while.' A fuller form of the phrase is *operae pretium est.*

animum advertere—often written as one word, *animadvertere.* Its sense governs an accusative, in this case a clause.

per Athenienses stetisset—134, note.

137. **quanto opere**—often written as one word, *quantopere.*

uti—historic infinitive.

cognitum—*est* is omitted.

quo se receperat—'to which he fled for sanctuary.'

138. **eadem proponebant**—'had the same objects in view.'

Aegeo—the Archipelago.

Delon—Delos, the smallest of the Cyclades, was celebrated as the birthplace of Apollo and Artemis (Diana).

legatis—'the representatives.'

penderet—distinguish between *pendĕre* and *pendēre.*

139. **vacabant**—'obtained exemption from.'

servari coeptae—11, note.

Eurymedontem—Eurymedon, a small river in Pamphylia (Asia Minor).

140. **is vero**—*is* generally denotes a change of subject.

Susa—the Shushan of Scripture.

posse—*possum* has no future infinitive, the tense we should expect after *sperabant.*

per—constabat—'it was well known that Themistocles was the cause.'

promissa praestare—'to make good his promises.'

141. **rebus novandis studere**—'began to desire a change of government.'

an id aequum videri—26, note.

legem tulit—'proposed a law.'

magistratus obire—'discharge the duties of a magistrate.'

auctor fuit—'suggested.'

142. **popularium partibus**—'the popular party.'

rationis—'manner.'

quod—'the fact that.'

totus incubuit in—'devoted all his energies to.'

humillimum quemque—'all the lower classes.'

praestare munus—'do his duty properly.'

in officio—'subservient to themselves.'

suum—secuti—'with an eye to their private interest.'

ut—imperitarent—explains *id ;* 66, note.

143. **Helotas**—Helotae, the Helots. They were the lowest class of the inhabitants of Laconia, and were kept in a state of serfdom. They were descended from the aboriginal inhabitants.

    Ephori—the chief magistrates at Sparta.

    Argivis—the inhabitants of Argos, the capital of Argolis in the Peloponnesus.

    iubente—'giving their assent to.'

144. **recens**—adverb.

    Megarensibus—the people of Megaris, the state adjoining their southern frontier.

    Megaram—the capital of Megaris.

    Aeginetae—the people of Aegina, an island near Athens.

145. **Thebani**—the people of Thebes, the chief city of Boeotia, a large state to the N. of Attica.

    qui plebi praeessent—'the champions of the democracy.'

146. **opinione celerius**—'quicker than was thought possible.'

    effectum sit—29, note.

    peregre—Corn was largely grown on the shores of the Black Sea.

    quibus praesto essent—'since (*quibus,* with causal force) they had at their disposal.'

    domi compositis rebus—'with peace at home.'

    sustentatura—'likely to withstand.'

147. **Coroneam**—a town in Boeotia.

    exiissent—'had expired.'

    in posterum—'henceforth.'

148. **ut—ita**—'while—yet.'

    Corcyraeis—the people of Corcyra, now Corfu. 121, note.

    his—illis—'the latter—the former.'

149. **praestare**—'to make good.'

    ut—ita—148, note.

    cuius esset facundiae—'such was his eloquence.' Genitive of quality.

    ut primas deferret—'from assigning the highest place,' understand *partes.*

    docebant—'acted.'

    ne dicam—'not to say.'

150. **an—referre**—'does this concern us?' 26, note.

151. concionabundi—'by haranguing.'

quin—It may be convenient to give the chief uses of *quin* in a short form :—

1. In adjectival clauses = *qui, quae, quod*—*ne* = *non.*
2. In consecutive adverbial clauses = *qui*—*ne* (*qui*, old form of ablative of relative, *ne* = *non*).

Quin can only be used after (*a*) negatives, (*b*) words expressing doubt or ignorance, (*c*) after questions that expect a negative.

3. As an interrogative particle = 'why not.'
4. As an adverb = 'moreover.'

152. ex sententia—'as he desired.'

visum—'it was resolved,' *est* omitted.

ad unum—'to a man.'

153. sinus Corinthiaci—the gulf of Corinth.

Messenii—the inhabitants of Messenia, a country in the west of the Peloponnesus.

auxilio—73, note.

Ambraciotas—the people of Ambracia, in N.W. Greece.

eo studio—'with such zeal.' *eo* = *tali.*

receperint—29, note.

154. Lesbii—the people of Lesbos, a large island near the west coast of Asia Minor.

edicto—a variety of the ablative absolute : there is usually a participle, adjective, substantive or pronoun in agreement.

155. Pylum—Pylos on the S.W. coast of Messenia. The bay is now called the Bay of Navarino.

teri—'began to be wasted.' Historic infinitive.

iniquis—'unfair.'

provocatum—'an appeal was made.'

156. sublati—'encouraged.'

Cleoni—Cleon, by trade a tanner, was an active politician at Athens, notorious for his violence and abusive language.

cui contigerat—'who had had the good fortune.' There being no standing armies in most of the Greek states, we find the citizens serving as soldiers in different capacities for as long a time as was required.

Amphipolis—a town in Thrace on the river Strymon.

dum—ciet—'while leading his men to battle.'

157. si qua—Use *quis* for *aliquis* after *si* and *num.*

neque—coacta—'without being compelled by any forcible means.'

reputanti—'on reflecting,' *lit.* 'to one who reflects.'

parum nocitum esse—'that little harm was done.' Remember that intransitive verbs can only be used impersonally in the passive voice.

158. **cordi**—'pleasing,' *lit.* 'in one's heart.' Probably the old locative case.

coercentium—'of restraint,' *lit.* 'of people restraining.' This is a good instance of the preference shown by Latin writers for concrete words, as opposed to the English fondness for abstract ideas.

ut—ita—'while—yet.'

quae vellet—50, note.

Argivis—The people of Argos, the capital of Argolis in the Peloponnesus.

Arcadiam—a mountainous inland region of the Peloponnesus.

palam facto—'by showing.'

praesto esse—'survived.'

parem—'a match.'

159. **Egestani**—the people of Egesta, a town in Sicily.

Dores—the Dorians and the Ionians were the dominant races of Greece. The Spartans were the champions of the former, and the Athenians of the latter.

ipsis—*i.e.* the Athenians.

caperent—indirect form of the imperative.

160. **cum in eo esset ut**—'when this expedition was on the point of.'

dei—Hermes, the Latin Mercurius.

imagines—'busts.'

a sacrilego facinore orsi—'beginning with sacrilege.'

diem sibi dicerent—'let them name a day for his trial.'

161. **longarum**—'men of war,' as opposed to *onerariae*, 'merchant craft.

Syracusas—Syracusae, a powerful city in Sicily.

Siculorum—the people of Sicily.

quo facilius—6, note.

profanasset—24, note.

maturato—121, note.

162. **fieri non posse**—'that it was impossible.'

ut—ita—158, note.

163. **auctore**—'by the advice of.' Concrete for abstract.

in melius vertit—'changed for the better.'

armare—historic infinitive.

parvi—understand *pretii.*

164. **actum esse**—49, note.

pro victis erant—'were held as defeated.'

sed vix—et—'scarcely was the fight over when.'

nisi—from *nitor.*

165. **vela faceret**—'set sail.'

subductis—'after hauling up.'

interiora—'the interior.'

quod superfuit—'the survivors.'

L.

16C. **quin**—consecutive, 151, note.

agi—'to be at stake.'

167. **obtinebat**—'held.'

agebat—'was intriguing.'

penderet—Distinguish between *pendēre* and *pendĕre.*

tot tantisque—Two adjectives referring to the same word are always connected by a conjunction.

168. **Alcibiadi—simultates**—'now Alcibiades had long been at variance.'

quanto—versaretur—'of his great peril.'

morae esse—facerent—'hindered the Persians from subduing the Ionians.'

ferret—indirect imperative.

16C. **Samo**—Samos, an island near the coast of Ionia.

rerum novandarum—'for a revolution.'

societates—'clubs.'

pararet—subjunctive after *qui* final.

strenuissimus quisque—'all the most active members.'

coepti—11, note.

quid—molirentur—'what was the object of the authors of the crimes.'

170. **se adegere**—'bound themselves.'

sociumque se profitetur—'offers himself as an ally.'

utpote qui—'since he;' *utpote* strengthens the relative with causal force.

idem—'and also.'

171. **an id aequum esse**—13, note.

rebus gerendis impares—'unequal to the management of business.'

ii—The demonstrative pronoun is often inserted when the relative clause precedes the principal sentence.

usurparentur—'let them claim.'

neque iniuria—'justly.' The ablative of manner, used without an epithet, requires *cum*, except in a few phrases, such as *iure, iniuria, fraude, vi,* etc.

172. **Bosporo**—the Bosphorus, or straits of Constantinople.

Hellesponto—the Hellespont, or Dardanelles.

Pontum Euxinum—the Black Sea.

quin—151, note.

Cyzicum—Cyzicus, a town on an island of the same name in the Propontis (Sea of Marmora).

173. **natu**—ablative of respect.

cum—tum—'both—and.'

dono—dative of complement.

Aegospotamon—'the goat's river,' in Thrace.

174. **eo miseriae**—'to such wretchedness.' *eo* lit. = 'thither.'

Piraeo—the chief harbour.

175. **quidquam novi**—'any revolt,' *lit.* 'anything new.' So *multum boni* = 'much good.'
     tyrannis—dative by attraction to.
     quibus—13, note.
     coeperint—29, note.
     parvi—understand *pretii.*

176. **decemviris**—'ten commissioners.'
     cordi—'pleasing.' So *frugi*, 'frugal.' 158, note.
     vindicandae—'of asserting.'

177. **iusto proelio**—'in a pitched battle.'
     Xenophontem—Xenophon was an Athenian knight. He tells the story in his Anabasis.

178. **non semel**—'more than once.'
     maiore mole—'more vigorously.'
     ad Cnidum—'off Cnidus,' a city on a promontory of Caria, in Asia Minor.
     fiducia rerum—'confidence in their prospects.'
     dimicaturi—'resolved to fight.'

179. **summo—esse**—'that affairs were in a highly critical state.'
     reduceret—indirect command.
     maturato—121, note.

180. **lites dirimeret**—'should settle their disputes.'
     molirentur—'undertake.'

181. **cum—tum**—'both—and.'
     multum opinionis—'much prestige.'
     ut fit—'as is usually the case.'

183. **Arcadia**—a region in the centre of the Peloponnesus.
     iusto proelio—177, note.
     dum pugnam princeps ciet—156, note.

184. **constabat**—'was it settled.'
     nonnisi—'merely.'

185. **Amphipoli**—in Thrace, on the Strymon, the scene of the death of Brasidas and Cleon.
     Olynthiaci—the people of Olynthus, a powerful town on the coast of Macedonia. It was inhabited by Greeks who had settled in many places on the coast immediately N. of Greece.
     quid rex moliretur—'the king's designs.' *Moliri* conveys the idea of doing a thing with great effort.

186. **Phocida**—Phocis, a mountainous country in Greece, N. of the Gulf of Corinth. In it was Delphi, celebrated for the oracle and temple of Apollo.
     campum Crisaeum—The inhabitants of this plain used to levy contributions from the frequenters of the Delphic oracle. They had

been all slain by an army sent by several states conjointly, and the plain was dedicated to Apollo.

coluissent—24, note.

esse—The construction glides easily into *oratio obliqua*, the way for it being paved by the (virtually) sub-oblique clause preceding.

quanto sanguine constitisset—'how much blood—had cost.'

ille—'the celebrated.'

re infecta—'without accomplishing his purpose.'

187. **morae**—dative of complement.

quin—151, note.

palam facerent—'let them prove.'

illum—'that well-known.'

instincti—'inspired.'

quae concionatus—'by these harangues.'

sub corona—'by auction;' *corona* refers to the chaplet worn by slaves exposed for sale.

188. **versaretur**—'was involved.'

in suam sententiam—'to his views.'

pravo magistratus genere—'a vicious form of government.'

exsisterent—'stand forth.'

189. **auctore Demosthene**—'on the motion of Demosthenes.' Concrete for abstract.

lata lege—'having proposed a law.'

iubente—'approving of.'

190. **Amphissae**—The people of Amphissa had taken into cultivation the Crisaean plain.   186, note.

Elateia—a town in Phocis, 186, note.

191. **cum debellatum esset**—'when an end had been put to the war.'

quae vellet—50, note.

totus conversus—'entirely devoting himself.'

quin—fieret—'to carry out his desires,' *lit.* 'how he should not become master of his wish.'

PART III.

ALEXANDER THE GREAT.

192. **libertati studere**—'were anxious to assert their liberty.'
Istro—Ister, the Danube.
Getas Illyriosque—barbarous tribes much resembling the Thracians.
et alias civitates—'that other states *also.*'
sub corona—187, note.
193. **Hellesponto**—the Dardanelles.
veriti ut—Verbs of fearing take an unusual construction. The clauses they govern must be regarded as substantival, though grammatically adverbial.
Granicum—The Granicus flows into the Propontis (Sea of Marmora).
194. **Gordium**—the capital of Phrygia.
Midae—Midas, according to the legend, prayed that everything he touched might be turned into gold. His prayer was granted, and he soon had to pray that the fatal power might be taken from him, as he was in danger of starvation. His ears were changed into those of an ass by Apollo for deciding against him in a musical contest.
Phrygum—the inhabitants of Phrygia.
illa—haec—'the former—the latter.'
iniecerat curam—'had caused anxiety.'
omen—'a bad omen.'
196. **crimen**—'the charge.'
tua salus diluet—'shall be cleared away by your recovery.' Notice the preference shown by the Latins for using the active rather than the passive voice. So in French, 'He was punished by his father' is better rendered by 'Son père l'a puni' than by 'Il a été puni par son père.'
dederis—notice again the superior exactness of Latin, 'shall have given,' rather than 'shall give,' as we say.
concipi—'to be absorbed.'
laxa—'free from anxiety.'
pro se quisque—*Pro se* strengthens *quisque*—'each on his own account.'
197. **Isson**—Issus in Cilicia, at the entrance of a mountain pass called the Syrian Gates.
nam illic—13, note.
198. **Bactra**—the Capital of Bactria (*Bokhara*, to the N. of the Hindoo Koosh mountains).

Illyriorum—the inhabitants of what is now Albania, to the N.W. of Greece.

ecquem—26, note.

Granicum—193, note.

mutarent—*mutare* takes accusative of the thing given and ablative of the thing received in exchange, or the exact opposite.

199. **collato pede**—'foot to foot.'

opimum decus—The spoils taken by one general from another in single combat were called *spolia opima.*

in ora proni—'on their faces.'

adverso corpore—'in front,' *abl. abs.*

Parmenione—Parmenio, one of Alexander's generals.

200. **arbiter**—'a witness.'

ius—'right.'

usurpabat—'used.'

corporis habitu—'in personal appearance.'

ei ad pedes—'at his feet.' Notice the idiomatic use of the dative.

201. **bonum animum habere**—'to be of good courage.'

202. **Syria**—the country between Asia Minor and Egypt.

Phoenice—Part of the sea-board of Syria, between the Mediterranean and the mountains of Lebanon.

Tyro—Tyrus, the chief town of Phoenice.

Herculi—Hercules, the Latin form of the Greek Herakles, son of Zeus and Alcmena, the national hero of Greece.

ducere—'derived.'

cuius impotens erat—'which he could not restrain ;' *cuius,* objective genitive.

203. **alia excogitata**—'other devices contrived.'

in Macedonum metum vertunt—'interpret as signifying fear on the part of the Macedonians.'

ius gentium—'international law.'

altum—'the deep.'

204. **ad manum**—'ready to hand.'

Libano—the Lebanon range.

quo longius—hoc magis—'the further—the more.' Ablatives of measure.

cum exprobabant—*Cum* used with the imperfect indicative shows that the action of the temporal clause is simultaneous with that of the principal sentence.

Neptuno—the god of the sea.

205. **cum continenti continuaretur**—'was connected with the mainland.'

per patentia ruinis—'through an open breach,' *lit.* 'through things lying open in ruins.'

atrociter in **incolas saevitur**—'atrocities are committed on the in-habitants.'

eo saevitiae perventum est—'to such lengths did cruelty proceed,' *lit.* 'thither of cruelty.'

ut - abstineatur—'the unarmed to be spared,' *abstineatur* is used where we should expect *abstineretur ;* the tense used in *oratio recta* is preserved to give additional vividness to the description.

quam = *postquam.*

Gades—Cadiz, in Spain.

206. **aliena**—'the property of others.'

leges—'conditions.'

Marte—'in fight.' Mars, the god of war.

Ciliciam, Lydiam—provinces of Asia Minor.

Persepolin—Persepolis, the capital, situated in the centre of Persia.

Ecbatana—the capital of Media, afterwards the summer residence of the Persian kings.

207. **Iovis Hammonis**—an Egyptian god identified by the Greeks with Zeus, and by the Romans with Jupiter. His temple was in the deserts of Libya, in N. Africa.

expeditis—'for men in light marching order.'

sabulo—'sand.'

iactabant—'made the most of.'

208. **sub**—'just before.'

inclinato—understand *die.*

fatis—'by the decree of fate.'

209. **Euphraten**—the Euphrates rises in Armenia, flows through the plains of Babylon, and falls into the Persian gulf soon after joining the Tigris.

serie inter se connexis—'successively linked together.'

in adversum—'pointing forwards.'

amputaturae—'intended to lop off.'

210. **contemptor**—'despising.' Notice the concrete Latin word.

profiterentur—either primary or historic sequence can be used after the historic present.

211. **securus**—'careless,' (*se* = *sine—cura*).

pararet—indirect form of imperative.

212. **factu**—supine used as ablative of respect.

intempesta nocte—'at dead of night.'

ad hoc—'moreover.'

Scytharum—The name of *Scythae* was loosely given to the hordes of Central Asia. The true Scythae lived to the N. of the Danube.

vanis et inanibus—'false and groundless.'

certum est—'I am resolved.'

accedit—' is added.'

ad corpora curanda—' to attend to their bodily wants.'

213. **Gaugamela**—a village in Assyria. Not far from it is the town of
Arbela. The battle is named after both towns.

quin—106, note.

214. **in obvios**—'against their opponents.'

dissimulato—' pretending to disregard.'

215. **Babylon**—(*Babel*), on the Euphrates.

artifices—' actors.'

216. **Semiramis**—a mythical queen, the daughter of the fish-goddess
Derceto.

Belus—a mythical king, son of Poseidon (Neptunus), the god of the
sea.

patiens terrae—' supporting the earth.'

molitum esse—' built.' *Moliri* conveys the notion of doing a thing
with great effort.

217. **Susa**—the Shushan of Scripture, the winter residence of the Persian
kings.

quam pro habitu corporis—' than suited his stature.'

feceris—perfect conjunctive, used in prohibitions of the second person : the present being used with the first or third persons.

218. **Persidem**—Persis, Persia, the mountainous region near the Persian
Gulf.

resistendum fuit—' had to be resisted.'

obeuntem—' performing.'

Persepolin—206, note.

cuius amore deperibat—' with whom he was violently in love.'

per vinolentiam—' in a drunken bout.'

219. **Cilicia**—a province of Asia Minor.

Ecbatana—206, note.

Bactra—198, note.

inirent gratiam—' might curry favour with.'

magni—understand *pretii.*

aestimaturi—' who was certain to value.'

occuparent—depending on *ut.*

220. **idem consilii**—' the same plan ;' so, *multum boni.*

221. **fidem**—' the protection.'

pecudum more—' like cattle.'

222. **intuentibus vobis**—depending on *occurrere.*

cum—tum—' both—and.'

223. **Caucasum**—the Hindoo Koosh mountains, which are a continuation
of the Caucasus range.

ad surgendum conniti—' to make an effort to rise.'

pedes—' on foot.'

perpetuo iugo—'in an unbroken range.'

224. vix potens mentis—'scarcely in his senses.'

ne fugae quidem—the emphatic word is always placed between *ne* and *quidem.*

Sogdianos —Sogdiana to the N. of the Oxus, now part of Turkestan and the Khanate of Bokhara.

Oxus—(*Amou Darya*), flowing into the sea of Aral. Its ancient course took it into the Caspian.

Scythas—212, note.

debellaturus—'ready to conquer.'

225. ut—ita—'while—yet.'

opimum—199, note.

226. Bactrianos—198, note.

continenti incendio—'an endless conflagration.'

227. graves—'overcome.'

228. intercluso spiritu—'by their breath being choked.'

multo—abl. of measure.

sollicitum—predicate, not epithet : to be taken after the verb.

materiem—'timber.'

haerebat —'was in doubt.'

229. socios facinoris—'partners in his treachery.'

230. Tanais—(Jaxartes or *Syr Darya*), flowing into the sea of Aral. The ancients, ignorant of the geography of these remote regions, supposed it to be the Tanais (Don), which flows into the sea of Azof.

more gentis—'according to their national custom.'

conderetur—'sets.'

231. comprehenderis—notice the superior exactness of the Latin : 'which you will have seized,' where we content ourselves with the inexact 'seize.'

sit—after *cui* consecutive.

232. quo plura haberes—'the more you have ;' *quo* abl. of measure. The subjunctive is due to the *generic* force of *quo ; i.e.* nothing particular is mentioned, and Alexander's possessions are spoken of as an unknown quantity.

non succurrit tibi—'does it not strike you?' The interrogative particle is omitted, as at the beginning of section 231.

Sogdiani—224, note.

quisquam—only used in negative sentences, or in comparisons.

233. pressis manibus—'with tight-closed hands.'

sequens—with *tempus.*

intuleris— 231, note.

cave credas—*ne* understood.

234. Sacae—a nomad tribe.

ut fidem faceret—'to prove.'

gentium—partitive genitive depending on *ferocissimis.*

235. **Massagetis, Dahis**—both nomad Scythian tribes.

uno—emphatic ; 'a single.'

Maracanda, (-orum)—(*Samarkand*), the capital of Sogdiana.

aestimator sui—'praising himself;' concrete Latin for abstract English. So constantly, *auctor fuit* = he proposed.

cuius—erat—'which moreover he could never restrain.'

236. **sero demum** —'when too late.'

vivendum esse—13, note.

more ferae—'like a wild beast.'

quo se converti—26, note.

obstinatum—'determined.'

quoque—6, note.

prohibituri—'ready to deny him.'

237. **hibernis**—understand *castris.*

tum maxime—'that very moment.'

238. **in Indiam**—through the Khyber or Kuram pass, through both of which our troops entered Afghanistan.

quos in Africa domitant—African elephants are never tamed for use now.

locorum situs—'their surroundings.'

ad speciem levitatis—'to look smooth.'

239. **quae indutus est**—'with which he is clad.' This use of the accusative with a passive verb is common, especially in Vergil, and seems to be an imitation of the Greek use of the accusative after middle and passive verbs.

seriis rebus obstrepere—'to interrupt grave matters.'

240. **quis credat**—dubitative conjunctive.

occupare—'to anticipate.'

pro—habent—'they consider a disgrace to life.' *vitae*, genitive.

quae senectus solvit—'which old age sets free,' *i.e.* 'which die of old age.'

spirantes—'living people.'

publicis moribus—'like other people ;' opposed to *agreste et horridum genus*, above.

admovere—'hasten the approach of.'

interrito—attracted to *cui.*

cui liceat—50, note.

quinos denos—the months are divided into halves.

qui—dirigunt—'those who settle their duration by this phase of the moon.'

241. **iunxere**—'put together.'

242. **etiam—iussit—**'he ordered vengeance to be wreaked even on the houses.'
palam fecisset—'showed.'

243. **operatum habuit exercitum—**'kept the army engaged in sacrificing.'
mero—The ancients looked upon the drinking of wine unmingled with water as something quite exceptional.

244. **vocant—**'people call.'
promptissimum quemque—'all the most daring soldiers.'
receptui cani—'the signal for retreat to be given.'

245. The Indus rises in the table-land of Tibet, and flows through the Punjab (the country of the Five rivers) into the Indian Ocean.
sextisdecimis castris—'at the end of the sixteenth day's march.'
quid—sit—'his intentions.'
sequente—transiret—'the name accompanying the sovereign power, into whosoever's hand it fell.' The subjunctive is after the generic *quemcumque:* 50, note.

246. **alterum ex his—**'one of these two orders.'
Hydaspen—the Hydaspes (*Jhelum*) falls into the Acesines (*Chenab*), which in turn falls into the Indus.

247. **vada aperiente—**'disclosing fords.'
repercussae—'dashed into foam.'
de industria—'on purpose.'
stridore—'trumpeting.'

248. **res est—**'we have to do.'
movi—'advance.'
signa infer—'charge.'
usui—73, note.
anceps—'not to be depended on.'

249. **quicquid fieret—**50, note.

250. **malum—**used as an interjection,—'and a plague on it.'
plus profecit—'he gained more.'
ne fortuna quidem—*Fortuna* being the emphatic word, is placed between *ne* and *quidem.*
confirmatum—'after bidding him to be of good cheer.'

251. **quo—**6, note.
fefellisset—11, note.

252. **arboribus—**the Banyan-tree. The description is very correct.

253. **ex itinere—**'on the road.'
obtinebatur—'was held.'
precatus—acciperet—'with the prayer that he might take it in safety,' *i.e.* 'that it might prove a lucky gift.'

254. **conseptum—**'a railed-off space.'
omnino—'in all.'

255. **Mallorum—**Their capital was what is now Mooltan.

coactum—'though he was compelled.'

transmittere—'to give up.'

extra sidera—'beyond the constellations' (they had been wont to observe).

subduxerit—'had withdrawn.'

ut omnes fundant—*ut* concessive.

defecerit—'has failed.' The soldiers had heard strange stories and were thoroughly alarmed.

256. cessisse—'had given up.'

paterentur—indirect imperative.

257. pugnam princeps ciet—'heads the attack.'

nudum—'exposed.'

iustae—esset—'had glutted their just wrath.'

258. quam—augerent—'except by making the wound larger by cutting it.'

linqui animo—'began to grow faint.'

inhiberent—'tried to check.'

259. curato—'treated.'

necdum obducta cicatrice—'without being healed over.'

convaluisse—'had got abroad.'

amne—either the Hydaspes or the Acesines. 246, note.

260. ne admirari quidem posse—'he could not even be surprised.'

capite—ablative of price.

261. pietas—'the loyalty.'

grato animo—ablative of quality, or descriptive ablative, always with epithet.

praestarent securum—'let them keep him safe.'

in theatro—where he had been assassinated.

stativa—understand *castra.* So *hiberna, aestiva.*

cum—tum—'both—and.'

262. saginati—The ancients had strange notions of training, and plenty of flesh and fat were supposed to stand a boxer in good stead.

studebant—'backed.'

iacenti—A dative can be added anywhere with a notion of advantage or disadvantage. This dative is called *Dativus Commodi* or *Incommodi.* A variety of the same dative is called the *Dativus Ethicus,* and denotes a less strong sense of interest.

263. cuniculo—derivation : *cuniculus,* a rabbit.

in fidem—'into alliance.'

Sambi regis fines—near the mouth of the Indus.

suffossi specus—'of the cave dug underground.'

sub corona—'by auction.' Slaves exposed for sale wore chaplets of flowers.

264. secundo amne—'down the stream,' the Indus.

265. **artibus**—'the pursuits.'
cultu—'habits.'
aditu facili—261, note.
266. **ob haec regi**—First interrogative (*utrum* or *ne*), omitted.
per quietem—'in his sleep.'
agniturum—'that he would acknowledge his obligation.'
267. **voti**—**redditur**—'had his wish gratified.'
268. **commercii iure**—'right of trading.'
ad ultimum—'at last.'
ad hoc—'in addition.'
269. Bacchus was said to have conquered India in past ages.
constrata—'carpeted.'
in tabernaculorum modum—'like tents.'
pro copia cuiusque—'according to each man's means.'
270. **amnis**—the Indus.
aestu secundo—'with the tide.'
rubrum mare—the Indian Ocean, usually the Red Sea.
legere—'to coast along.'
appellerent—'brought to land.'
adverso amne—'up stream,' *abl. abs.*
271. **animo infinita complexus**—'forming gigantic projects.'
Carthagini—42, note.
Numidiae—the country in the neighbourhood of Carthage.
Gades—Cadiz, in Spain.
Columnas Herculis—'the pillars of Hercules.' It was supposed that Spain had been joined to Africa till Hercules tore them asunder. Mount Abyla on the African side, and Mount Calpe *(Gibraltar)* on the Spanish side, were called the pillars of Hercules.
Hispanias—'the Spains,' as we say 'the Emperor of all the Russias.'
Ibero—the river Ebro.
Epirus—a mountainous district to the N. W. of Greece.
Mesopotamiae—the plain between the Tigris and the Euphrates.
Libano—Mount Lebanon, to the S. of Syria.
Cypriorum—the people of Cyprus, a large island in the Levant Sea.
272. **per**—'with.'
in paribus delictis—'equally guilty.'
fidem—'the protection.'
e vestigio—'at once.'
qui—**facerent**—'who were serving under them.'
273. **quae retineret**—subj. after relative with final force.
rerum novandarum cupidis—'those who desired a revolution.'
prius—**quam**—often separated, as here, by the grammatical figure known as *tmesis* (a cutting).

aes alienum profiterentur—'acknowledge the amount of their debts.'

talentum—genitive.

cum fide—'truthfully.'

amplius—understand *quam* after *amplius*.

274. **palam professi**—'openly declaring.'

275. **precario**—'by uncertain tenure.'   Understand *iure*.

praemissos—'those who had been sent in advance.'

quid hoc—Notice the change to *oratio recta*, for the sake of emphasis.

velim—conjunctive, not subjunctive ; *i.e.* it is a principal verb, not dependent on another.

276. **altius**—'deeper.'

fecerit—Notice all changes of sequence. *Fecerit* is perfect, to denote that a general truth is conveyed.   The other tenses are in the usual historic sequence.

scilicet—'so ;' ironical.

quid opis—'what power.'

277. **crederet**—deliberative conjunctive.

nihil—ceteros—'who had ventured on no greater liberties.'

278. **Persis, Persas, Persas**—Notice the repetition, and lay stress on it in your translation.

gravem—'respected.'

279. **mentis compotes**—'able to command themselves.'

nuda—not *naked*, as shown by *tunicati*, but 'unprotected.'

obnoxia—'exposed.'

maturata est missio—'the discharge of the troops was hurried on.'

commeatum—'furlough.'

cum fide—'scrupulously.'

nomine—'under the head of,' 'as.'

280. **Susis**—140, note.

Ecbatana—206, note.

ea—Notice the insertion of *ea* to take the place of *signa*, which has got into the adjectival clause.

artificum—'actors.'

281. **tributo**—'black mail.'

officii—'their loyalty.'

282. **oceanum**—the Indian Ocean.

Chaldaeis—the Chaldaei were a tribe in the Babylonian empire. The term is often applied to all the inhabitants of the empire. They were celebrated for their knowledge of astrology and mathematics.

certa—'infallible.'

nullius non—'every.'   *Non nullus*, 'some.'

283. **Pallacopa**—a river in the S. of Babylonia.

delatus—'having arrived.' *De* in composition denotes 'down,' here 'down the stream.'

non tantum—'not only.'

procurandis iis—'to expiate them.'

284. **praebuere speciem visentis exercitus**—'looked as if the army were gazing at.'

habitu corporis—'attitude.'

illud ultimum—'for the last time.'

debito—'duty.'

Hammonem—207, note.

285. **tanto oneri ferendo**—'equal to support so great a burden.'